Fan
ファン文庫



# 天狗町のあやかしかけこみ食堂

著　栗栖ひよ子

マイナビ出版

# 目次

CONTENTS


一品目　あやかし食堂、はじめました　009

二品目　キャットフードしか食べられない猫又　045

三品目　キュウリが怖い河童　095

四品目　狐とタヌキとウサギの三つ巴うどん　151

五品目　天狗とすいとん　197

六品目　鬼とすいとん　231

# プロローグ

小さいころ、大好きだった場所。小さな田舎町で祖母が営む、蔵を改装した食堂。天井が高くて、古い木の匂いがして、差し込む日射しが優しくて。そんな食堂の厨房で、祖母が料理を作っている。

とんとん、という包丁の音と、コトコトくつくつ煮えるお鍋。厨房に満ちる湯気と、おいしそうなお出汁《だし》の匂い。

『なつめ、味見するかい』

そうして口に入れてくれた、高菜ご飯の小さいおにぎりや、サツマイモのオレンジ煮、キュウリのぬか漬けのはじっこは特別な味がして、私は祖母の仕事中も食堂に出入りしていた。

常連のお客さまが多かったからか、怒られた記憶もない。たまに、不思議な雰囲気のお客さまが遊び相手になってくれた気がするけれど、昔のことだからよく覚えていない。

その田舎町には天狗伝承があって、私も例にもれず、子ども特有の好奇心で人外の不思議な存在を信じていた。

祖母はそんな私に、あやかしにまつわる〝おはなし〟をいろいろ聞かせてくれた。そして〝おはなし〟のあとに、祖母が決まって言うセリフがあった。

『なつめ、あやかしも人も同じなんだよ。好き嫌いも、食べられないものもあるし、お腹がすくと力が出ない。一緒にごはんを食べれば仲良くなれるのも、おいしいものを食べれば幸せになれるのも、おんなじだよ』

大人になるにつれて、あの〝おはなし〟は祖母が私を喜ばせるために作ったものだと気づいたけれど、その言葉だけはずっと私の心の真ん中にあった。『おばあちゃんみたいに、料理で人を幸せにしたい』と料理人を目指すようになってからもずっと。


その田舎町について、思い出すことはもうひとつ。お山の上には天狗が祀《まつ》られている神社があって、毎年商店街では、天狗さまのために夏祭りが催されていた。

山車《だし》や屋台が出るのは普通の夏祭りと同じだが、初日と最終日に、大名行列のような感じで、和服の人と天狗の衣装を着た人が太鼓などを持って練り歩く天狗行列があるのだ。

私はお祭りが大好きで、夏休みになると、お盆に開催されるお祭りに合わせて祖母の家に遊びにきていた。なぜか夏祭りの日には毎年小雨がぱらつくので、不満を祖母にもらしたことがある。

『それはね、火防《ひぶせ》の神さまである天狗さまが、山火事を心配して雨を降らせているんだよ。天狗さまは毎年こっそりお祭りに来ているから、自分が楽しんでいる間にうっかりお山が火事にならないか心配なんだよ』

祖母はそう説明してくれた。

天狗は怖いイメージだったけれど、その話を聞いて、この町の天狗さまはとっても優しいんだな、そしてこっそりお祭りに来るなんて、ずいぶん人間みのある神さまなんだな、と感じたことを覚えている。

夏祭りでは、一度だけ祖母とはぐれて迷子になったことがある。確か、まだ小学校低学年のころだ。

はぐれてから雨が降ってきて、慣れない浴衣と下駄でさまよっていた私は、心細さと足の痛さがミックスされて、祖母を捜しながらぐずぐずとべそをかいていた。

そんなとき、私の手を引いて、商店街の中にある小さな神社の石段に座らせてくれた人がいた。ちょうど社の屋根の下になるので、雨も身体にかからない。

着物を着て、長い髪をひとつに結んでいたその人は、最初お姉さんだと思ったけれどお兄さんだった。夏祭りで浴衣を着ているのは女の子ばっかりだったから、勘違いしたのだ。『男の人の着物もあるんだよ』とその人は笑っていた気がする。

祖母が捜しにきてくれるまでの間、お兄さんといろんな話をした。私が毎年この町に遊びにきていることとか、祖母のことや学校のこと。お兄さんにもいろんなことを質問したけれど、はぐらかされて答えてもらえなかった。

でも、ひとつだけ――。『結婚しているの？』という質問には『まさか。していないよ』と答えてくれたので、私はすっかりうれしくなって、『だったら私がお嫁さんになってあげるよ』と逆プロポーズをしていた。屋台で祖母に買ってもらった、赤い石のついたおもちゃの指輪を渡して。今思うと、なんという恐れのなさ、と顔がほてるような所業だけど、お兄さんは『じゃあ、大きくなっても覚えていたらね』と指切りをして約束をしてくれた。

きっとそれが、私の初恋だったのだろう。

そんな約束までしたのに、お兄さんの顔は覚えていない。その日の淡い思い出と、優しい記憶だけ、ひだまりのように胸の奥に残っている。

あの人は今でも、私との約束を覚えているだろうか。あのおもちゃの指輪は、今でもお祭りで売っているのかな。

# 一品目　あやかし食堂、はじめました

都心にある、大きな洋食レストラン。ファミレスよりはオシャレで、フレンチよりリーズナブルなこの店は、夜になるとカップルや家族連れでにぎわう。週末となればなおさらだ。

みんながおいしい料理を食べて、笑顔で帰っていく客席――その裏にある厨房で、私は店長に苦虫をかみつぶしたような顔を向けられていた。

「お前、この仕事、何年やってるんだ？」

「六年目、です」

高校を卒業したあと、専門学校で調理師の資格を取り、それから丸五年。私、箸本《はしもと》なつめは、今年で二十五歳になる。

「遅いんだよ、仕事が。なんでだかわかるか？」

三十はすぎているであろう店長は、陽に焼けた肌と筋肉質な外見が、料理人というよりサーファーのようだ。この、男性ホルモンのかたまりのような店長に威圧的な目で見下ろされると、私はどうしても畏縮してしまう。

「……わかりません」

ほかのスタッフが、厨房のはじっこで怒声を飛ばされている私をちらちら見てくる。半分は、『大変そう』という憐れみの目で、残りの半分は、『こんな忙しいときに手を止めるなよ』という迷惑そうな顔で。

ディナータイムで厨房がバタバタしているときに叱られるような私も、叱るような店長も、みんなに疎まれているのはわかっている。

「余計なことを考えているからだよ！　前の店長の方針だかなんだか知らないが、お客さまのため、とかそんなことをいちいち守っていたら、店が回らないの！　わかる？」

「……はい。すみません」

頭を下げると、店長はずいっと私にデザートののったプレートを突き返してくる。

それは、『今日が結婚記念日なんです』という若い夫婦のために、アイスを盛り付けて、チョコレートペンでメッセージを描いたものだった。通常、セットのアイスは器に盛っただけのものだが、フルーツや生クリームも使ってキレイにデコレーションしている。

「こういうのも、余計なことなの。うちではもう、こういうサービスはしてないから。お前、自分で客に説明してこいよ」

「……わかりました」

プレートを持ったまま行こうとしたら、「これは持っていくな」と店長にさっと取り上げられた。

「でも、それは」

捨てるくらいだったら渡してもいいじゃないか、という喉元まで出かかった言葉を飲み込む。

「一度こういうことをやったら、次からも頼まれるだろ？　そういうところが考えなしだって言ってるんだよ、お前は」

透明の器に盛られたバニラアイスふたつ。それを代わりに手に取る。

「すみません。……行ってきます」

こぼれてきそうな涙をこらえて、厨房を出る。客席に向かう前に無理やり笑顔を作ったけれど、うまく笑えているかわからなかった。

記念日のお客さまにサプライズのサービスをすることは、前の店長が始めたことだった。メニューを変えるわけじゃなく、ちょっとアレンジをしただけのサービス。それでもお客さまはみんな喜んで、毎年の誕生日や記念日にうちの店を使ってくれるようになった。

さっきのアイスを用意したご夫婦も、そう。結婚一周年から毎年うちのディナーでお祝いしていて、今年は三年目だった。『今年も予約しちゃいました』と報告してくれるお客さまにがっかりされたくなくて、店長が見ていないうちにこっそり盛り付けたのだが、完成したタイミングで見つかり、あえなく撃沈。

『今年は記念日のサービスができません』とこれから説明するのだと思ったら、ここから逃げ出したい気持ちになった。アイスが溶けるのなんてかまわずに、コックコートのままここから去れたらいいのに。

新人のころからお世話になっていた前店長が系列店に異動になり、現店長に替わってから、数ヵ月。意見が合わずにぶつかった回数は、片手では足りない。

熱心だったスタッフほど、すぐに見切りをつけてやめていった。今いるスタッフは、店長が新しく入れた新人と、転職するのは面倒だからなあなあでやっていこうとあきらめた古参だけだ。

店長に合わせられないなら、退職したほうがいいのはわかっている。でもこのご時世、飲食店の正社員が再雇用されるのは、思っているよりずっと難しい。

生活のための保身と、料理人としてのプライド。どちらかを貫くこともできず、中途半端で情けない状態になっているのが、今の私だった。

結局、お客さまに頭を下げながら説明したところ、私がよっぽどひどい顔をしていたのか、ご夫婦は『気にしないで』と気遣ってくれた。でも、そのときの落胆のまじった笑みが頭から離れない。きっと来年からは、うちの店を使ってくれることもないだろう。

足が棒になるまで働いて、電車に揺られて、安アパートに帰る。お風呂だけなんとか入れれば、あとは力尽きて寝るだけだ。テレビを見たり、晩酌したりなんかの個人的楽しみの時間はまったくない。店がこんな状態になる前はまだ余裕があったけれど、今は精神的疲労が大きくて、なにもする気がおきない。

私はこんなことがしたくて、料理人になったんだっけ。

専門学校生時代は、いちばん楽しかった。ボランティアで保育園などの施設へ行ったり、地域のイベントを手伝ったり。子どもたちへ食事を振る舞い、喜んでもらえたときのあの笑顔。あの〝おいしい顔〟を見るのがなによりも幸せだった。

今の仕事では、あんな笑顔を見ることはできない。店を回すことに必死で、お客さまひとりひとりの顔なんて見られないし、自分に余裕がないから、作った料理が完食されても残されていても、心が動かなくなっていた。

こんな自分になりたかったわけじゃないのに、夢と現実の間には、越えたくても越えられない溝がある。なにも変えようとしていない私に、世界が優しくないのは当然なのに、夜ベッドに入ると泣きたくなる。

ただ、泣きたくなっている間にいつの間にか寝ているのだけはありがたい。夢も見ずに眠って、朝起きたらさっさと支度を終わらせて、つらくなる前に出勤してしまえばいい。

そうやって数ヵ月過ごしていたのだけど、今日はいつもと違った。目覚ましの音で起きる前に、携帯電話の着信音で目が覚める。画面を見ると母からで、時間はまだ、朝の六時前だった。

——嫌な、予感がする。深夜や朝方の急な電話が、いい知らせだったことがあるだろうか。

一気に眠気がさめ、ぎこちない手つきで携帯電話を操作する。五月に入ったというのに、なんだか寒気がしてタオルケットを首元まで引き上げた。

「もしもし、お母さん？」

私が声を出すと、耳元で息をのむ音がした。

「……なつめ？」

いつもとは違う、湿った母の声。その声だけで、私はこれから聞くのが嫌な知らせであることを確信して、身をこわばらせた。

「朝早くに、ごめんね。さっき連絡があって、おばあちゃんが……」

電話越しに母は泣き崩れ、その後の話は途切れ途切れにしか聞こえなかった。

半月前に、誤嚥性肺炎で入院した祖母。命に別状はないと聞いていたから安心していたのに、容態が急変して亡くなったということだった。まだ、お見舞いだって行けてなかったのに。

母方の祖母は、娘たちがお嫁に行き、祖父が亡くなってからも、田舎町の広い家にひとりで住んでいた。一緒に暮らそうか、と母や伯母が誘っても、『まだ身体が動くから大丈夫』と断って。本当に、突然のことだった。自宅の敷地内にある食堂だって、入院する直前まで営業していたと聞く。隣町に住んでいる伯母だけは、死に目に間に合ったらしく、それが唯一の救いだった。

「……おばあちゃんの住んでた家の近くで、お葬式もやることになったから。なるべく早く、こっちに帰ってきて」

「わかった。今日から休みが取れると思うから、すぐ茨城《いばらき》に向かうね」

「うん。お母さんも今、車の中だから……。着いたらおばあちゃんに、なつめもすぐ来るよって、声かけておくね……。おばあちゃん子だったものね、なつめ……」

現実味がなさすぎて逆に冷静だったのに、母の言葉で急にまぶたがじわりと熱くなった。ああ、もう祖母に話しかけても、答えてくれることはないんだ。

「うん……。おばあちゃんに、ずっと会いにいけなくてごめんねって、伝えて……」

子どものころは毎年ひとりで祖母の家に泊まっていたのに、中学生になってからは部活が忙しくてお盆とお正月に日帰りで顔を見せるだけになり、社会人になって都内で就職してからは、茨城に帰省しても実家に帰るだけで終わっていた。

あんなに大好きな祖母だったのに、何年も顔を見ていない。

小柄な祖母が、病院の冷たいベッドで亡くなったことを思うと、たまらなかった。

白い髪をひとつにまとめて、着物をリメイクしたお洋服の上に、いつも割烹着を着ていた祖母。エプロンよりこっちのほうが使いやすいのよって笑ってた。優しくて、あったかくて、怒ったり声を荒らげたりすることなんて一度もなかった。

どうして私は、こうなる前にお見舞いに行かなかったんだろう。普段からもっと、会いにいかなかったんだろう。私が料理人になったのは、祖母みたいになりたかったからなのに。

「おばあちゃん……」

電話を切ったあと、ひとりで泣いた。こんな薄情な孫でも、祖母は黙って許して責めなかっただろうなと思うと、涙が止まらなかった。

＊　＊　＊

茨城県の西部、三方を山に囲まれた土地に、祖母の住む天久町《てんぐ》はあった。最近、町村合併で市になったけれど、地元の人たちはみんな旧町名のほうで呼んでいる。コンビニとコイン精米機が同じくらいの数あって、みかん園のみかんをイノシシが食べにきて。時折、道路でタヌキを見つけ、田んぼの向こうの地平線に夕日が沈む。そんな程度の田舎町だ。

祖母のお通夜とお葬式が終わったあと、私は祖母の家で、喪服のままぼうっとしていた。

平屋で瓦屋根の、築数十年の一軒家。台所と廊下以外は畳という、由緒正しい和風住宅には、祖母の長年の生活がしみこんでいた。

車が何台も止められる広い庭には、祖母が育てていた植木や花がたくさんあふれている。幾重にも重なった花弁が華やかな牡丹、こんもりした低木に咲くピンク色のツツジ。ペパーミントやローズマリーなど、ハーブの鉢もある。孫だけじゃなくて植物にも、祖母は愛をめいっぱい注ぐ人だった。

洋服簞笥《だんす》の中身もきちんと整理されていたし、台所の棚には開け口を輪ゴムで留めたおせんべいの袋があった。畳にホコリひとつないのは伯母が頻繁に訪ねて掃除をしていたからだろうか。冷蔵庫の中身はあらかた処分されていたが、冷凍庫にはまだ作り置きのお惣菜があった。これから相談して、あれを捨てるのかと思うと、切ない。このままこの家の時間を止めておければいいのに。

祖母の使っていた寝室に、大の字になって寝っ転がる。この家の天井はこんなに高かったっけ、と不思議に思う。そういえば小学校以来、この家に寝泊まりしていないんだ。

休みが欲しい、と伝えたら店長は、『そのまましばらく休んだら』と鼻で笑いながら言った。祖母のことを話すと、急に口をつぐんで電話を切ったが、またあの人の下で働かないといけないことを考えると、お腹に重い石を抱いたみたいに苦しい。

「帰りたく、ないなあ……」

別室にいる親族に聞こえないくらいの大きさで、ぽつんともらしたつぶやき。もう、ひとりのアパートには戻りたくない。でも、実家に戻りたいと親に打ち明ける勇気もない。なにも決めずに茨城に残っても、逃げるだけでいい結果にならないのはわかっていた。

「でも、ダメなのかなあ、逃げちゃ」

せめて、こっちでやりたい仕事や、働きたいお店があればいいのに。目的があれば、根無し草じゃなくて、ちゃんと地に足をつけて生きていく覚悟ができるのに。

窓の外では、小雨が降っている。みんなの話し声が遠くから聞こえるのがかえって静かで、うとうとと眠くなってきたときだった。

「なつめ、なつめ！」

お母さんが私を呼ぶ声がする。ずいぶんとあわてた様子だけど、どうしたんだろう。

「お母さん、なに？」

まぶたをこすりながら襖を開けると、「あっ、あんたそんなところにいたの！」と怒られた。

「大変なのよ。おばあちゃんがなつめに……！」

「え？」

事態がつかめないまま、みんなが集まっている茶の間に連れていかれる。残っていた親戚が一斉に振り向き、興味と好奇心が隠せない眼差しを向けられて、混乱する。

「え、なに？　なにがあったの？」

「なつめちゃん。ちょっと、これを見て。さっき書き物机から見つかったんだけどね。おばあちゃん、こんなもの残しておいたみたいなの」

母よりも物腰のやわらかい伯母が、母とそっくりの困り顔をして、私に一冊のノートを渡す。その表紙は、本屋さんや文房具屋さんで見覚えがあった。

「これって……、エンディングノート？　お葬式の希望とかを書いておくやつだよね」

「そう。見つけたのが全部すませたあとだから申し訳ない気持ちになったんだけど、そのあたりはおばあちゃん、好きなようにやってくれとしか書いてなかったから……」

伯母はますます、眉をハの字に下げた。正直、なにが大変なのかわからない。

「なら、よかったじゃない」

「違うの、問題はここなのよ」

母が開いて見せたのは、【遺産・遺品】のページだった。

質素に暮らしていた祖母だから、もめるような遺産はないと思うのだけど。

「えーっと、なになに……」

流麗な筆跡で書かれた文字を目で追っていく。

【たいしたものはないけれど、遺品やささやかな貯金はみんなで好きなように分けてください】

おばあちゃんらしい、とくすっと笑みがこぼれる。

「ん？　ただし……？」

そのあとに、〝注！〟と記されて文章が続いている。

【ただし、この家と敷地内にある食堂は、孫のなつめに遺します】

「え、えええっ⁉」

私が思わず声をあげると、母は腰に手をあててため息を吐き、伯母はますます眉尻を下げる。

カッコ書きで、どうせだれも住まないでしょ？　と書いてあるのは祖母の茶目っ気なのだろうか。そのページは、私へのメッセージで締めくくられていた。

【なつめへ。あなたが必要なときに役立ててもらえればうれしいです。お客さまと仲良くね】

「必要なときに、役立てる……？」

祖母は、私にこの家が必要になるときが来ると考えていたのだろうか。お客さまと仲良く、の部分はよくわからないけど、おそらく常連さんを大事にしろということだろう。みんなが心のこもった料理と、祖母とのおしゃべりを楽しみにやってくる、そんなお店だったから。

「それでね、伯母さん思ったんだけど。おばあちゃん、なつめちゃんに食堂を継いでもらいたかったんじゃないかって……」

「おばあちゃんが、私に？」

そんな話初耳なので、驚いて伯母の顔を見返す。

「でも、なつめには東京《とうきょう》で仕事があるじゃない。必要なときって書いてあるし、なにも今すぐに相続させなくても、ってお母さんは言ったのよ」

私の返事を遮るように、母が主張する。伯母と母が対立しているような構図に違和感を覚えるが、まさか。

「え、ちょ、ちょっと待って。みんなは私がここに住んで、食堂を続ければいいと思ってるの？」

みんなの顔を見回すと、気まずそうに目を逸らされた。

「料理関係の職についてるのは、うちらの中だとなつめちゃんくらいだしなあ……」

今まで黙っていた伯父がつぶやく。確かに、いとこの中でも料理の道に進んだ子はいないけど。

「お父さんはどっちでもいいけれど、娘が東京で働いているよりは地元にいてくれたほうが安心だなあ」

「えっ。お父さん、そんなこと就職するときにひとことも言わなかったじゃない」

なぜこのタイミングで父の本音を知らなければいけないのか。

「そりゃあ、なあ……。娘の門出に水を差すようなこと……」

確かに、ここにずっといられたらいいなって思った。働きたい場所があればここで生きられるかもって考えた。

でも――。助けてくれる祖母はいなくて、知り合いもおらず、私ひとりで人付き合いをしていけるのだろうか。都会より人間関係が密な、この土地で。

「ごめん……。今すぐはちょっと、決められない……」

私がうつむくと、みんなは視線を合わせて申し訳なさそうな顔をした。

「こっちこそ、ごめんね。大事なこと、なつめちゃんに決めさせちゃって……」

私の手を握る伯母に、「ううん」と首を横に振る。

「今日、ここに泊まってもいい？　ちょっとひとりで考えたいから……。お母さんたちは、泊まらず家に帰るんだよね？」

そうたずねたのは、ここにいれば、祖母が知恵を貸してくれるような気がしたから。もう祖母はいないのだから、ほとんど神頼みのような気持ちだけど。

「わかった。家と食堂の鍵だけ渡しておくね」

母はうなずき、根付けのついた鍵を三つ、私に渡す。銀色のシンプルな鍵は家の玄関と裏口、真鍮《しんちゅう》のレトロな鍵が食堂のものだろう。

「じゃあ、お母さんたち帰るから。寝る前にちゃんと戸締まりしてね」

親戚たちを祖母の家の玄関で見送るのは、不思議な気分だ。ぞろぞろと車に乗り込むみんなと、ここに残る私。外はもうとっぷりと日が暮れていて、真っ暗な田舎の夜に心細い気持ちになる。

ふと疑問に思ったことがあったので、母だけ引きとめて耳打ちした。

「ひとつだけ、聞いてもいい？　もし私が家とお店を継がなかったら、どうするの？」

「私と姉さんで、時々様子を見たり掃除をしたりすることになると思うけれど……。人の住まなくなった家はすぐに傷むって言うし、そうなったら取り壊すことになるかもしれないわね」

容赦ない現実に、肩がずんと重くなる。黙り込んだ私の腕を、母は握った。

「なつめ。無理におばあちゃんの遺言を叶えようと思わなくてもいいんだからね。東京の仕事に満足しているんだったら、そっちを選びなさい」

「……うん」

うなずいたけれど、満足なんてしていない。私に食堂を経営する自信があれば、迷わずこっちを選んでいた。

いちスタッフの立場でも怒られてばかりで、一人前なんてほど遠い私に、ひとりで食堂なんてやっていけるの？

足りないのは、自分の覚悟だってわかってる。もっと若くしてお店を持つ人だっているってことも。私は失敗して、今以上に打ちのめされるのが怖いんだ。

みんなが帰ったあと、お風呂を沸かして入ることにする。タオルの場所も、パジャマの場所もすぐわかった。シャンプーやボディソープも、使いやすいようにお風呂に並べてあり、久しぶりに泊まったというのに私はまったく不自由しなかった。

比較的若いデザインのパジャマを借り、寝室に祖母の使っていた布団を敷いて寝転がる。かすかに梅の花の匂いがするのは、祖母が愛用していた香り袋だろうか。

「臆病だな、私……」

毎日、自分の存在を否定されるような職場にいて、私の自尊心はぺしゃんこになってしまったのだろうか。就職したころは、なんでもできるような気になっていたのに。

朝になると、母が荷物を届けてくれた。実家に持って帰った、着替えなどが入ったボストンバッグ。そのままいてくれると思ったのに、母は祭壇にお線香をあげるとすぐに帰ってしまう。話し相手のあてが外れて、なんだか取り残されたような気持ちになった。

やることもないし、と食堂のほうに行ってみる。

蔵を改装した食堂は天井が高く、中に入ると空気がひんやりしていた。丸太を加工した椅子やテーブル、カウンター。祖母チョイスのカップやグラスが並べられた、背の高い棚。天井から垂れ下がるすずらん形のレトロな照明が、木に囲まれたあたたかみのある雰囲気の店内にやわらかな光を落としている。

食堂というよりはカフェという感じのインテリアだが、祖母はこの店を『ほたる亭』という名前の食堂にした。カフェと呼んでしまうと、田舎の年寄りは来店しにくいからって。だれでも気軽に、おいしいごはんを食べにきてほしい。そんな祖母の願いがつまった、あったかい場所だった。

私がここに残らなければ、このほたる亭も消えてしまう。幼いころここで過ごした祖母との思い出も、徐々に風化していくのだろう。

「そんなの嫌だ……。でも……」

私は、自然の風合いそのままのカウンターテーブルに顔を伏せる。この向こう側に祖母がいないことが寂しくて切なくて、涙が出てきた。

そのとき、にじんだ視界のはじっこに、鮮やかな色がうつる。

「ん？」

顔を上げて涙をぬぐうと、カウンターの端の席に、着物姿の小さな女の子が座っていた。

おかっぱ頭にリボン形の髪飾りをつけて、蛍柄の着物を着た小学校低学年くらいの女の子。

いつの間にか子どもが入り込んでいたことに驚くと共に、七五三でもないのに着物を着ている子がいるのか、と意外な気持ちになる。

「お店、やってると思って入ってきちゃったのかな。ごめんね、今日はお休みなの」

たまたま定休日だった、という言い方をした自分のずるさに嫌になりながら、女の子に近づく。すると女の子は、悲しそうな顔をして足をぶらぶらと揺らし始めた。

「ええと……。まだ帰りたくない、のかな？」

声をかけても顔を合わせず、カウンター席から動こうともしない。もしかして、お腹がすいているのだろうか。

「……よかったら、なにか食べる？」

そうたずねてみると、女の子はぱっと顔を上げて目を輝かせた。

もうすぐお昼だ。ついでに、私のお昼ごはんも作ってしまおう。

「材料がないから簡単なものしか作れないけど、いい？」

厨房に向かいながら女の子に告げると、大きく首を縦に振った。

「さて、どうしようかな……」

お米や小麦粉、調味料はたっぷりあった。半月も営業していなかったのだからお肉や魚、野菜はダメになっているけれど、乾物類は大丈夫そう。わずかだけど、冷凍庫にも使えそうなものがあった。

「……よし！」

作るものを決めて、まずはお米をとぐ。祖母は土鍋でお米を炊くこともあったけれど、今日は急ぎなので炊飯器の高速モードだ。

炊飯器に働いてもらっている間に、私は残りの材料を準備する。梅干し、おかか、冷凍した明太子、しょうゆ、味噌。そしてわかめと、お麩《ふ》。

汁物を先に作って、ご飯が炊けたらすぐにアツアツのまま握る。

「はい、お待たせ。おにぎりの三種盛りと、わかめとお麩のお味噌汁だよ」

お盆にのせた、細長いお皿と汁物の器。ほかほかと湯気をたてるそれを女の子の前に出すと、身を乗り出して目を丸くする。髪飾りの紐が揺れて、女の子の純粋な反応に私は頬をほころばせた。

おにぎりの具は、梅おかかと明太子、そしてしょうゆ味の焼きおにぎりだ。

「じゃあ、私も一緒に食べようかな」

女の子の隣に腰掛けて、自分のぶんの食事もカウンターテーブルに置く。

この子がどこの子かもわからないのにごはんを振る舞うなんて、本当はまずいのかもしれないけれど、この子の慣れた様子といい、きっと祖母のお店によく来ていた知り合いだと思うから、まあいいだろう。都会の距離感で物事を考えてはいけないのだ。

「じゃあ、いただきまーす」

ふたりで手を合わせてから、おにぎりにかぶりつく。すると、お米の甘い味が口の中で広がって驚いた。そうだ、この町のお米って、ただ炊くだけでこんなにおいしかったんだ。

「おいしい……」

自分で作ったごはんなのに、思わずそんな感想がもれた。

そういえば、ここ数ヵ月、自炊なんてしてなかった。職場では冷えたまかないをひとりで食べ、家ではすぐ食べられる、コンビニ弁当かカップ麺。こんなふうにだれかと食卓を囲むなんて、もうずっとなかったことだ。

「あ……あれ?」

瞳から涙がぽろっとこぼれて、こんな小さな子の前で泣いてしまったことに焦る。

「ご、ごめんね。お姉ちゃん、あったかいごはん食べたの久しぶりで……」

顔を隠しながらあたふたと言い訳をすると、今まで黙っていた女の子が初めて口を開いた。

「……ここのおばあちゃん、いつもおいしいごはんを作ってくれた」

「えっ……」

「おねえちゃんの料理は、おばあちゃんのと同じ、優しい味がする」

女の子の笑顔を見たとたん、またぼろぼろと涙があふれてきた。

ぽんぽんと、私の頭をなでる小さな手。

「ご、ごめんね。大人なのに泣いちゃって」

女の子は、急に大人びた表情になって、ふるふると首を横に振った。

――これが、私のやりたかったことだ。おいしいごはんで、だれかを幸せにすること。心があったかくなるようなお店を作ること。

自信も、希望もぺしゃんこにつぶれてしまった中で、唯一なくさなかった小さいころからの夢。それを今、思い出したよ、おばあちゃん。

名前も知らない女の子の優しさを感じながら、私は祖母のお店と家を継ぐことを決めた。

＊　＊　＊

あの日私がおにぎりと味噌汁を振る舞った女の子は、気がつくといなくなっていた。

代わりに、完食されたお盆の上には、古い硬貨が一枚のっていた。調べると、それなりの価値があって驚いたのは、東京に帰ってからのことだ。

あの不思議な女の子は、何者だったのだろう……。もしかしたら、あの古い家の守り神さまなのかもしれないな、なんて柄にもないことを思う。

それから一ヵ月。店長に退職の旨を伝えて、諸々の手続きや、引っ越しを終え。今やっと、再び天久町に戻ってきた。

暦は六月になり、梅雨の雨と初夏の日射しを受けて庭の緑が喜んでいる。来るときに見かけた田んぼや畑も、青々と輝いて生命力にあふれていた。私も、負けてはいられない。

「よし、やるぞー！」

まずは、食堂と家の掃除。そして、野菜などを届けてくれる農家の人に連絡をすることだ。これは、祖母の書いたアドレス帳があったのですぐにわかった。

農家の人は、孫の私が食堂を継ぐと聞いて、すぐに挨拶に来てくれた。私より数個上くらいの若いお兄さんで、驚く。

「若い人はほとんどこの町から出て就職しちゃうから、おばあちゃんの店を継いでくれてうれしいよ」

と歓迎を受けた。

「なつめちゃん、だよね。小さいころ、うちの畑で何回か一緒に遊んだの、覚えてる？　お祭りも一緒に行ったよね」

お兄さんは、『宮川耕太《みやがわこうた》』と名乗ったが、まったくピンとこない。

「……すみません、全然覚えてなくて」

「いいよいいよ。まだ小さかったもんね」

さわやかな笑顔を見せる耕太さん。Tシャツから伸びる、日焼けしたたくましい腕、短く切り揃えられた黒髪。飾り気のない見た目が、無農薬純粋栽培のイケメン、という感じでまぶしい。

「あの……。耕太さんの小さいころって、髪を伸ばしていた時期、ありました？」

「え？　どうだったかな……。そういえば、ロン毛がはやっていた時期にマネして伸ばしていたかもしれないなあ。でも、どうして？」

「え、いや、なんとなくそんな記憶があって」

もしかして、お祭りで迷子の私を助けてくれた初恋の人は耕太さんかもしれない、なんてロマンチックなことを考えてしまった。

「じゃあ、おばあちゃんと同じ契約でいいかな」

「あ、はい。それでお願いします」

私の内心には気づかず、耕太さんはてきぱきと話を進めていき、「じゃあ、これからよろしく！」とさわやかに去っていった。なんだか、大型犬みたいな人だ。人なつっこくて、力仕事が似合う感じ。

耕太さんには週に二回、野菜と卵を宅配してもらうことになった。どちらも町内の畑と養鶏所でとれた新鮮なものだ。お米は、新米の時期になったら別の農家さんが届けてくれるらしい。肉と魚は、市内の大きいスーパーが安くておいしいと教えてもらった。

地元産のおいしい野菜が格安で手に入るなんて、田舎だけの特権だよね。高級な食材を使うよりもずっと贅沢なことだって、大人になってからわかった。

そして、準備もほぼ終わり、開店前日の夕方を迎える。

「はー、ついに明日かあ」

自分のお店を持つなんて、いまだに信じられない気持ちだ。食堂の名前はそのまま『ほたる亭』にした。祖母が育ててきたものをなるべくたくさん、壊さないで継いでいきたいと思ったのだ。

不安なことはたくさんあるけれど、挨拶回りにも行って知り合いも増えたし、ひとりでもなんとかやっていけるだろう。寝る場所と食べるものには困らないのだから、仮に食堂にお客さんが来なくても、自分ひとりくらいは養っていけるはず。

……なんて、始まる前から後ろ向きに保険をかけておいちゃ、ダメなんだろうけど。

家に戻る前に厨房の最終確認をして、材料の在庫もチェックをする。そうして、客席を通って戸締まりしようとしたら、店の中に男性がいた。

「えっ。……あのう、すみません。開店は明日からなんです」

そう声をかけると、カウンター席に座るその人が顔を上げる。――が、私はその瞬間、声も出せずに固まってしまった。その人があまりにも、美形だったから。

紺色の着物を着た、長い髪の男の人。つややかな黒髪は横でひとつに結び、前に垂らしている。

白くてくすみのない肌と、丁寧に作られた彫刻のような輪郭。切れ長の目も、すっと通った鼻筋も、やわらかく弧を描く唇も、優雅なのに男っぽい色気がある。

それに加えて漂う、浮世離れした雰囲気。なんだろう、この、田舎の食堂に似つかわしくない感は。

「なんだ？　よく聞こえなかったのだが」

よく通る低い声がして、ハッと我に返る。思わず見とれてしまっていたみたいだ。

「あ、あの。お店は明日からなんです」

「そうか」

「は、はあ……」

その人はうなずいただけで、腰を上げようとしない。そのあまりに堂々とした態度に、私はあっけにとられて二の句を継げなかった。

「お前は皐月《さつき》の孫か？　皐月が亡くなったのは聞いたが」

「は、はい。孫のなつめといいます。このたびほたる亭を継ぐことになって……」

「そうか。皐月はこんなとき、客を帰したりはしなかったが」

「うっ……」

皐月、というのは祖母の名前だ。みんなが『おばあちゃん』と親しみを込めて呼ぶ中で名前を呼び捨てにするなんて、この人は何者なんだろう。私と歳はさほど変わらなそうだから、祖母とは孫くらいの歳の差があるのに。

「あの、お名前を教えてもらってもいいですか？」

「食事を出さない店主に名乗る名はないのだが」

「あの、でも、呼び方がわからないと不便ですし……」

彼は不機嫌そうにため息をつくと私から目を背け、そっけなくつぶやいた。

「紅葉《もみじ》だ」

「紅葉さん、ですか……」

名字なのか名前なのか、それとも芸名なのかはわからなかった。

「明日から出すメニューなんですけど……、よかったらどうぞ」

なんだか、料理を出さないと帰ってもらえない雰囲気なので、しぶしぶと手書きで作ったメニュー表をカウンターの上に出す。

紅葉さんはメニューをちらりと見ると、興味なさそうに視線を逸らした。

「私の好物がないようだが」

「好物、ですか？　なんの料理でしょうか」

松茸《まつたけ》の土瓶蒸しとか、フォアグラのソテーって言われたらどうしよう、と思いつつ一応たずねる。しかし返ってきたのは、意外な答えだった。

「すいとんだ」

「へ？　すいとん……」

一瞬、すいとんという素朴な料理が紅葉さんとかみあわずに混乱した。

「あ、でも、それなら……。材料もありますし、作りましょうか？」

「ああ、頼む。なつめ」

厨房に向かう私の背中に、紅葉さんはそう声をかけた。振り向くと、口元に笑みを浮かべながら私を見つめている。顔が赤くなりそうになって、ぶんぶんと頭を振った。

名前を呼び捨てにされたくらいで、照れちゃダメ。祖母のことも名前で呼んでいたんだし、他人に対して距離が近い人なんだ、きっと。

祖母の形見である割烹着を着て三角巾をつけ、まとめたセミロングの髪を中に押し込むと、気持ちが引き締まった。オープン前日に来た予期せぬお客さまであるとはいえ、記念すべき初めてのお客さまなのだ。心して作らねば。私はすいとんの材料を出して、調理台に並べていく。

すいとんは、小麦粉を練った団子を入れた汁物だ。具は大根やニンジン、ゴボウやネギなど。味つけは出汁としょうゆ。

戦時中の食べ物、というイメージが強いすいとんだけど、この天久町ではすいとんが名物で、寿司屋や居酒屋など、いろんな飲食店で出している。『すいとんで町おこし』という活動もあるくらいだ。

なぜすいとんかというと、お山の上に祀られている天狗さまの好物だから——という、本当かどうかわからない話を、祖母から聞いたことがある。まあ、理由はどうあれ、すいとんはこの天久町ではなじみ深いソウルフードなのだ。

「あの、できました」

私が作ったのは、小さいころ祖母が作ってくれたすいとん。大根とニンジンは薄めのいちょう切り、ゴボウとネギは薄切りにして、かつお出汁で煮込む。団子は大きめで、スプーンですくって落とすので形がいびつだ。でもそれが、汁を吸っていい味になるのだ。最後に、しょうゆで味つけ。

「うまい。皐月と同じ味だ」

どんぶりに入ったすいとんを食しながら、紅葉さんはうれしそうだ。

よかった、喜んでもらえて。

「ごちそうになった。代金はいくらだ？」

どんぶり一杯のすいとんを完食した紅葉さんは、立ち上がる。そうすると、印象よりも背が高かった。百八十センチはあるだろうか。

「ええと……」

メニューになかったし、すいとんの料金なんて考えていなかった。

あたふたしていると、紅葉さんはふっと微笑んで、「じゃあ、これを取っておけ」となにかを私の手に握らせた。

急に身体を近づけて手に触れられたので、顔が熱くなったまま硬直する。

「なつめ。また来る」

わざわざ耳元でささやいて、紅葉さんは後ろを振り返らずに颯爽と出ていった。

「び、びっくりした……」

はあーっと深く息を吐いたあと、ドキドキと音をたてる心臓が落ち着くのを待つ。

触れられた右手には、まだ紅葉さんの手の感触が残っている。おそるおそる手のひらを開いてみると、そこには古びたお金があった。不思議な女の子のときと、同じ。

まさか、これも調べたら、価値があるものだったりして。こんなことが二回も続くなんて、この町には硬貨コレクターが多いのだろうか。いや、ただの偶然だよね。

なんだか変わったお客さまばかりに出会うなあ、と呆《ほう》けた気持ちで、私は紅葉さんの出ていった扉をしばらく眺めていた。


次の日。開店当日を迎えて、私は朝からドキドキしていた。やっぱり、自分ひとりの店ともなれば緊張が大きい。接客も調理も、全部自分でやらなければいけないのだから。手際が悪ければ、すぐにお客さまを退屈させてしまう。

そういう意味では、昨日紅葉さん相手にリハーサルできてよかったのかも。

入口扉にかかっている札を、『準備中』から『営業中』に変える。

「……よし！」

今日もいい天気だ。開店準備をしていた一週間、近所の家にチラシも配ってきたし、お昼になればきっとお客さまが来てくれるはず。

そう思ってしばらく庭を眺めていると、「今日からで合ってるよな」「合ってる、合ってる」「孫の名前、なんだっけ」という話し声が、家の門あたりから聞こえてきた。

さっそく、お客さまが来てくれたんだ。

「いらっしゃいま――」

とびっきりの笑顔で出迎えようと思ったのだが、私の笑顔は途中で凍り付く。

「ああ、そうだ思い出した、なつめだ！」

私を見ながらはしゃいでいるお客さまたちは――人間じゃなかった。

「え、え、どういうこと……？」

二足歩行のイタチのような生き物、イエティの黒い版みたいな、黒くて長い毛の生えたもじゃもじゃの生き物。そして唯一名前のわかった、緑色で頭の上にお皿がある、河童。

このとき私が気絶しなかったのは、奇跡としか言いようがない。

「なんか、驚いてるぞ」

「やっぱり曜日、間違ってたんでねえか？」

「いんや、合ってる。月・水・金だろ？　ばーちゃんがオイラたち用、って決めたのは」

河童たちは顔を見合わせながら、ああだこうだと話し合っている。

そして私は思い出す。祖母のエンディングノートに書いてあった、『お客さまと仲良くね』という言葉。そして幼いころ遊んでくれた、不思議な雰囲気のお客さまのことを――。

「話、伝わってなかったのかー？　まあ、しょうがないか」

「これから、ばーちゃんの代わりによろしく頼むぞ、なつめ」

黒イエティが、私の肩をぽんと叩く。

「う、うーん」

頭がくらっとして、意識が遠くなってくる。

「お、おい。どうした？」

「倒れるんじゃないか？」

あやかしたちが騒ぎだし、足下がぐらりと揺れた瞬間、私はあたたかい腕に支えられるのを感じた。

「まったく。このくらいで倒れるとは、皐月の孫とは思えない胆《きも》の小ささだな」

ゆっくり目を開けると、昨日見たばかりの美形の顔が目の前にあった。

「も、紅葉さん！」

倒れかかった私を抱きとめてくれたのは、紅葉さんだった。

「あ、ありがとうございます」

あわてて身体を離すが、この状況で驚いていない彼を不審に思う。

「ま、まさかあなたも、あやかしなんですか？」

この現実味のない美形っぷりは、人間じゃないと言われたほうが納得がいく。

疑いの目を向けると、紅葉さんはゆっくり首を横に振った。

「いや、私はあやかしの見えるただの人間だ。お前や、皐月と同じように」

「おばあちゃんも……!?　それって、やっぱり」

予想外の事実に目を丸くすると、紅葉さんは感心したように眉を上げた。

「さすがに、察しはいいみたいだな。そうだ。皐月がここで開いていたのは、人間のためだけではなく、あやかしのための食堂だ」

「そ、そんな……」

私は、愕然とする。そんなこと、信じられるだろうか。いくら田舎とはいえ、あやかしがお客さまとしてやってくる食堂なんて、聞いたことがない。

「なつめ。この店を継ぐと決めたなら、あやかしも引き受ける覚悟を決めないといけない」

にやりと、紅葉さんが笑う。この人、知っていたのに昨日はわざと黙っていたんだ。きっと、私の驚く顔が見たくて……。

なんて意地悪な人なんだ。そして私は、なんというものを祖母から引き継いでしまったのだろう――。

「腹へったな」「飯まだか」と会話しているあやかしたちを見ながら、これから私の生活はどうなってしまうのかと、呆然とする頭の奥で考えていた。

# 二品目

# キャットフードしか食べられない猫又

やってきたあやかしたちにせっつかれ、私と紅葉さん、ほか三匹は食堂の中に場所を移した。イタチのようなあやかしはカマイタチ、黒イエティはサトリというらしい。

話を聞いてみれば、祖母はあやかし用の営業日を月・水・金、それ以外を人間用と決めてお店を回していたらしい。私はそれを知らずに月曜日を開店日にしてしまったため、事情を知らないあやかしたちがぞろぞろやってきたというわけだ。

あやかしたちはお代の代わりに、自分たちが昔から集めていた古いお金や古い小物、山菜などを置いていく。

「おばあちゃんの家に古びた小物が多かったのって、そのせいだったんだ……」

独特のカラフルさがほんのり怖いマトリョーシカ、首が揺れる赤べこ。ちりめん生地で作ったお人形。そのどれもが長年使いこまれたようにくたびれていて、『おばあちゃんちにこんなものあったっけ?』と首をひねったのだが、あやかしが集めてきたものだったのか。きっと、気に入ったものは換金せずに手元に置いておいたのだろう。

「ばーちゃんは、お代なんていらないって言ってたけど、そういうわけにいかないから、オイラたちで考えて決めたんだ」

カウンターに座った河童たちは、誇らしげに胸を張った。さっきは驚いてしまったけれど、慣れればかわいいと思えないこともない。使っている言葉もこのへんの方言で、親しみが持てるし。

「それはいいけれど、なんで人間の紅葉さんまであやかし用のお代なんですか。昨日くれたの、古いお金ですよね」

鋭く追及するが、飄々《ひょうひょう》とした態度で受け流される。

「あやかしが見える人間だからあやかし扱いでもいいと、皐月はそうしてくれたのだが」

「うっ……」

祖母を引き合いに出されると、なにも言えなくなってしまう私である。

「あれっ、じゃあ、一ヵ月くらい前に会った着物姿の女の子って……。あの、おかっぱの」

私が詳しく特徴を説明すると、紅葉さんは「ふむ」と指を顎に当てた。

「それは座敷童《ざしきわらし》の蛍《ほたる》だろうな。蛍柄の着物を着ているからと、皐月がつけた名だ」

「だから、食堂の名前がほたる亭なんだ……」

家の守り神だったりして、と思ったのはあながち外れでもなかったのか。座敷童は、住み着いた家に幸運をもたらすあやかしだ。

「まあ、蛍は引っ込み思案だから、腹がすいたときくらいしか出てこないが」

あのときは……、祖母が半月も蔵に姿を見せずに、ひもじくて寂しい思いをしていたのだろう。祖母が亡くなったことは、きっと理解していたのだなと、私の頭をなでてくれた小さな手を思い出す。

姿は見えなくても、今も蔵のどこかにいるのだろうか。今度姿を見せてくれたらお礼を言って、ちゃんとした料理をごちそうしてあげたいなと思った。座敷童の好物って、なんだろう。

「あ……。そういえば、この食堂に来るあやかしって、どのくらいいるの？」

みんなの口ぶりで、ここに集まった三匹が全部ではないことは悟っていた。

「さあ？　オイラたちも、全員と会ったことないからわからねえ。たまにしか来ないやつもいるし」

「それって、まだまだ知らないあやかしがたくさんいるってことだよね……」

「おそろしいのか？」

私がつぶやくと、紅葉さんが頬杖をついて上目遣いでたずねてきた。口元には愉快そうな笑みを浮かべているし、なんだかこの人には、終始からかわれているように感じる。

「べ、べつに、そういうわけじゃないです」

「大丈夫だ。この町には、見た目の怖いあやかしはいない」

「そ、そうですか」

ひとつ目小僧とか、ろくろ首とか、すっごく怖いあやかしが来たらどうしよう、と腰がひけたのはバレバレだったようだ。

そして、疑問に思っていることがもうひとつ。

「あの、紅葉さん。私のことをあやかしの見える人間だって言いましたけど、それって生まれつきなんですか？　私、あやかしを見たちゃんとした記憶がなくて……」

いったいいつから、あやかしが見えていたのだろう。子どものころにほたる亭で見た『不思議な雰囲気のお客さま』があやかしだったとしても、大きくなってからは一度も見ていない。

「あやかしはそもそも、人里離れた山や川なんかに住んでいる。不用意に人前に姿を現さないし、都会だったらそもそも数がいない。この町を離れていたのだったら、遭遇しなくても不思議はないな」

「野生のタヌキや、イノシシと同じってことですか？」

「まあ、似たようなものだ」

自然がないと生きていけなくて、人から隠れて生きているという点では、同じ。ということは、人間のせいで昔より住む場所が減っている点も同じなのだろうか。

この子たちにそんな悲愴感はないけれど、意外と苦労しているのかもしれない。

「ばーちゃんが亡くなったって聞いたとき、オイラたちも悲しかったけど……。なつめが来てくれてよかった」

「ここの料理、おれたちの楽しみだもんな」

「この二ヵ月、なんだか張り合いがなかったからなあ」

河童、サトリ、カマイタチが口を揃えて「うんうん」とうなずく。

「……そっか」

そんなふうに言われると、情がわいてしまうではないか。

仕方ない。うっかり同情してしまったし、『お客さまと仲良くね』というのが祖母の遺言なのだから、腹をくくるしかなさそうだ。

「どうやら、覚悟が決まった様子だな」

表情を読んだのか、紅葉さんが私を見つめる。今までより優しい眼差しに見えるのは、気のせいだろうか。

「はい。この食堂はおばあちゃんが守ってきた、みんなにとって大事な場所なんですよね。今度は私が守らなきゃ」

お腹をすかせたあやかしたちに、ここでごはんを振る舞う。普通の食堂としての面と、町の人には秘密の一面。ふたつの顔を使い分けながら、このほたる亭を営業していくと決心した。

この日は、その後オープンを聞きつけてやってきたあやかしたちと紅葉さんにごはんを振る舞い、一日が終わった。

夜の間に、【月・水・金は定休日】という人間用の看板を作り、次の日に食堂を再オープンさせた。今度はちゃんと、人間のお客さまが来てくれたのでホッとした。とりあえず、経営はなんとかなりそうだ。

以前からの常連のお客さま曰く、月・水・金がお休みというのは、どこに書いてあるというわけではなく、なんとなく暗黙の了解になっていたらしい。だから昨日、あやかしと人間のお客さまが鉢合わせしなかったのか。

そして水曜日。二回目のあやかし営業日だ。おとといで慣れたし、今日はどんなあやかしが来ても倒れない自信がある。たぶん。

今日は紅葉さんも来ないかもしれないし、そうなったらひとりで対応しなければいけない。ドキドキしながら食堂をオープンさせ、カウンターで仕事をしながら待つ。

すると、入口の扉がゆっくりと開いた。この扉が引くタイプではなく押すタイプなのは、小柄なあやかしでも扉をひとりで開けられるようにという祖母の心遣いだったのだと、この前気づいた。

「いらっしゃいませ！」

声を張りあげて笑顔を作る。今日最初のお客さまだ。

しかし、あやかしのお客さまは扉を微妙に開けたまま姿を見せない。

「……ん？」

おかしいな、と思って見にいくと、扉の横から顔を出したあやかしが、力尽きたように玄関マットの上で倒れた。

「わわっ、大丈夫？」

私はあわてて駆け寄り、お客さまが挟まれないように扉を押さえた。

倒れていたのは、太った白黒の猫だった。いや、しっぽが二本あるから、普通の猫ではなく猫又《ねこまた》なのだろう。

「は、腹がへって、動けぬ……」

猫又はふるふると震えながら顔を上げると、助けを求めるように私を見た。声はかわいらしいのに、なんだか古風な話し方をする猫又だ。

「えっと、抱っこしてもいい？　テーブル席に運ぶから」

猫又がうなずいたので、私はふわふわの身体を腕に抱いて、クッションを敷いた椅子の上に座らせた。丸々と太った猫又はずっしりと重量があって、運ぶのにけっこう骨が折れた。

「ふう……。じゃあ、急いでなにか作ってくるね。どんな料理だったら食べられる？」

猫又といっても猫だし、魚とか猫まんまとかだろうか。

「わ、吾輩は、キャットフードしか、食べられニャい……」

「え、ええっ」

あやかしなのに、キャットフード？　基本的に自給自足で生きているはずなのに、そんなことってあるのだろうか。

「でも、うちにキャットフードなんて……」

ないなら、買いにいくしかない。でも、こんなふらふらの子を置いて店を空けるのが不安で、どうしようかとおろおろしてしまう。

「……こんなときに、紅葉さんがいたら」

心の中で思ったつもりだったのに、口に出していたみたいだ。その瞬間――。

「いたら、どうなんだ？」

耳元でささやき声がして、私は「ひいっ！」と悲鳴をあげていた。耳から首筋にかけて、ぞぞぞっと鳥肌がたつ。

「悲鳴をあげるとは、失礼な」

振り返ると、笑いをこらえている様子の紅葉さんが立っていた。今日は、濃い紫色の着物を着ている。

「い、いつの間に入ってきたんですか？」

「ついさっきだ」

悪びれる様子もなく、紅葉さんはしれっと言い放つ。この人は、他人をからかうのが趣味なのだろうか。

「で、でも、全然気づかなかったんですけど……」

「お前がぼうっとしていたからだろう」

それは、そうかもしれないけれど。扉が開いたのにも、すぐ隣に来ていたのにも気づかないなんて。

「……紅葉さんって、忍者かなにかだったりします？」

「お前はおかしなことを考えるな。私が忍《しのび》だと、本当に思うのか？」

「……いえ、思いません」

こんなに目立つ人が忍者のわけがない。まったく忍ぶそぶりがないし。

「それで、私になにか用があったんじゃないのか？」

「あ、そうでした。実は――」

かくかくしかじかと説明し、キャットフードを買ってくる間、紅葉さんに猫又の様子を見てもらうことにした。

スーパーに行くのさえ車がないと厳しい田舎だからと、中古の軽自動車を買っておいてよかった。免許は専門学校生時代に取ってからペーパードライバーだったが、交通量の少ない田舎道なら危なげなく走れる。

猫缶とカリカリ、猫用の餌皿を買って店に戻る。買ったばかりのお皿にキャットフードを出してあげると、猫又は床に下りてがつがつと食べ始めた。

こうして食べていると、余計に普通の猫に見える。どうしてこの子はあやかしなのに、人間の店でしか買えないものの味を知っているのだろう。

「ありがとニャ……。助かったニャ」

山盛りのキャットフードを食べ尽くした猫又は、満足したように前足で顔を洗ってから立ち上がった。

猫又の全身を落ち着いて見てみると、特徴的な模様があった。鼻の周りに黒ぶちがあって、ヒゲのように見えるのだ。そのほかは、一般的な白黒ハチワレの靴下にゃんこなのだが。

「吾輩の名前は、ソウセキニャ。ぶんごう、という偉い人の名前ニャ」

「ソウセキ……って、夏目《なつめ》漱石《そうせき》のこと？」

もしかして、ヒゲの模様があるからこの名前なのだろうか。

「奇遇だね。私の名前はなつめだよ」

そう伝えると、ソウセキはしっぽをぴん！　と立てて目を輝かせた。

「おお！　ふたり合わせて、夏目漱石ニャ！」

「そうだね」

和気あいあいと盛り上がっていたのに、紅葉さんはソウセキを見て難しい顔をしている。そして、冷たい声で問いかけた。

「ソウセキ。おぬし、最近猫又になったばかりだな？」

「ニャ……。ど、どうしてそう思うニャ？」

「勘だ。この店のことは、どこで知った？」

「ふ、ふらふらしているときに、毛玉みたいなやつらが話しているのを聞いたニャ。あやかしにごはんを出してくれる食堂があると……」

「出すのはなつめが作った飯だ。キャットフードではない」

ソウセキの耳が、ぺたんと垂れる。紅葉さんに強く言われて、落ち込んでいるみたいだ。紅葉さんも、ソウセキが弱っているときはなにも言わなかったのに、どうして今になって責めるようなことを言うのだろう。

「あ、あの、紅葉さん。私は大丈夫なので、そのくらいで……」

しょんぼりしたソウセキを見ていられなくて止めに入ったら、紅葉さんの口から決定的な言葉が出た。

「そもそも、どうしてキャットフードしか食べられないんだ？」

「ニャ……。そ、それは秘密ニャ！」

ソウセキは顔を背けると、半開きにしておいた扉から走って逃げてしまった。

「あっ、待って！」

太っていてもさすが猫。逃げ足が速く、私が外に出たときにはどこにもソウセキの姿は見当たらなかった。

「紅葉さん、どういうことですか？　最近猫又になったばかりって……」

紅葉さんに、少し恨みがましい目を向ける。動物に優しくない人はあまり好きではない。いや、ソウセキはあやかしだけど。

「なつめは、猫がどうやって猫又になるのか知っているか？」

紅葉さんは私の質問には答えず、逆に問いを投げかけた。

「ええと、長生きした猫がなるらしいって聞いたことが……」

昔聞きかじった知識を思い出す。ということはつまり、猫又はもともと普通の猫だったということだ。

「そうだ。あいつは最近まで、どこかの家の飼い猫だったのだろう。キャットフードしか食べられない理由もそこにありそうだ」

「なるほど……」

だから、キャットフードの味を知っていたのか。

でも、それしか食べられない理由がわからない。飼い猫でも魚くらいは食べられると思っていたけれど。

「あのままじゃまずいな」

とつぶやいて、紅葉さんが眉を寄せた。

「毎日、この食堂に頼るわけにはいかないだろう。自分で獲物をとって食えるようにならないと、この先あやかしとしては生きていけないぞ」

「そんな……」

思ったよりも深刻な言葉に、声を失う。

「でも、私が毎日キャットフードをあげれば大丈夫なんですよね？」

「ダメだ。それでは、あいつのためにならない。ほたる亭は、日々のちょっとした癒やしのようなもの。それ以上を求めてはならん。依存すれば共倒れするだけだ。お前は野良猫を見たら考えなしに餌を与える人間なのか？」

「それは……」

小さいころ、野良猫にごはんをあげようとしたら祖母に注意された。いくらかわいそうでも、ごはんをあげちゃいけないって。一度あげてしまうと、猫が自分で餌を取る力がなくなってしまうから。どんどん子どもを産んで、野良猫を増やしてしまうから。

猫をかわいそうだと、かわいいと思うなら余計に、飼ってあげることのできない猫に施しを与えてはいけないと——。忠言する祖母自身も苦しそうな顔をして、そう説いてくれたのだ。

紅葉さんが言っているのも、きっとそれと同じなのだろう。

「じゃあ私は、なにもソウセキの力になれないのでしょうか」

「いや……。それはわからない」

「えっ、なにかあるんですか!?」

期待をもたせるような答えに思わず前のめりになると、紅葉さんはうっとうしそうに顔をしかめた。

「だから、わからないと言っている」

なにも、そんな顔しなくても。曖昧に答えたのは紅葉さんのほうなのに。

心の中で文句を言っていると、

「まあ、お前にしか見えないものも、もしかしたらあるかもしれないな」

というつぶやきが聞こえた。

＊　＊　＊

食堂を始めてから一週間。私は今になって、自分の休みがないことに気づいた。人間用の定休日があやかし用の営業日になっているため、一週間フル稼働だったのだ。

「うーん……。とりあえず不定休でいいかな」

まだ、どの曜日に客足が多いのかもわかっていない。それに、ソウセキのことが気になってあやかし用の営業日に店を閉めることができなかった。

悩んだ末、今週は火曜日に休むことに決めた。

休みでも農家の宅配はやってくるので、朝だけ店を開けて受け取る。

「あれ、もしかして今日って休みだったの？　連絡をくれれば、宅配は明日にしたのに」

車が一台も止まっていない庭先を見て、食堂の裏口に野菜を配達してくれた耕太さんは目を丸くした。

「急遽《きゅうきょ》休むと決めたので……。実は昨日まで定休日の存在を忘れていて」

「ええっ。まさか休みなしで働くつもりだったの？」

「いえ、今まで働いていたレストランはシフト制で定休日がなかったので、うっかりしていたんです」

そう返すと、耕太さんが気の抜けたように笑った。目元がくしゃっとなるのがかわいくて、ちょっとだけときめく。

「なつめちゃん、しっかりしているように見えて意外と抜けているんだなあ」

「え……。そ、そうですか？」

どちらかといえば自分はしっかりしていると思っていたのに、少しショックだ。ものすごく自立している、とは言えないのが悔しいが。

「いや、でも、しっかりしすぎているより、そのくらいのほうがかわいくていいよ」

「えっ」

今、かわいいって言った？

ただの社交辞令だと思うのに、心がふわふわと舞い上がってしまう。まだ耕太さんが、初恋の人だと決まったわけじゃないのに。

「あ、そういえば……。なつめちゃん、直売所の経営をしている小暮《こぐれ》さんってわかる？　なつめちゃんのおばあちゃんと同じくらいの歳のおばあさんなんだけど」

さっきまでの笑顔が消えて、耕太さんの表情がふっと曇った。

「いえ……。すみません、まだ隣近所の人くらいしかわからなくて」

「いやいや、知らなくて当然だから謝らなくていいよ」

「その小暮さんがどうかしたんですか？」

そろそろチラシ配りがてら、ちょっと遠くのほうまで挨拶にいかないとな、と考えながらたずねる。

「うん。うちは直売所にも野菜を卸しているから、そこのおばあちゃんともよく会うんだけど。最近、食べ物が喉を通らなくなっちゃったらしくて……」

「えっ、ご病気ですか？　それとも、夏バテ？」

「いや、かわいがっていた飼い猫が亡くなったみたいで、それで落ち込んでいるらしいんだよね」

「猫……ですか」

「うん。確か模様は白黒だったかな。ちょっと太めのオスなんだけど」

白黒で、太め。最近亡くなったばかり。猫又のソウセキと合致する特徴に、心臓がドクン……と音をたてる。

「あの！　その話、もっと詳しく聞きたいんですけど」

もし、その飼い猫がソウセキだったら。猫として生きていたころのことが、なにかわかるかもしれない。

「あ、ほんと？　じゃあよかったら、小暮さんに食事を届けてあげてくれないかな。ひとり暮らしなんだけど、台所に立つのも厳しそうだったからさ」

「はい、もちろん。よかったら今日のお昼にでも」

「助かるよ。直売所にはこれから回るから、小暮さんには伝えておくね」

こうして、流れで『ほたる亭宅配サービス』をやることになった私だが、持っていく食事には頭を悩ませた。

車で運ぶわけだから、汁物は難しい。お弁当みたいな感じでいいのだろうか。でも、食欲のないおばあさんに食べさせるものだし、なにかひと工夫したい……。

悩んだ末、祖母が夏によく作ってくれたメニューを思い出す。これを夏休みのお昼に食べると、宿題も外遊びもがんばれたっけ。

保存容器に入れて布で包んだ料理を持って、小暮さんちに向かう。野菜直売所は道路沿いにあって、庭の敷地内でやっているから家の場所はすぐわかった。

「こんにちはー、箸本ですー」

うちと同じような平屋の日本家屋のベルを、ドキドキしながら鳴らす。しばらく待つと、ぱたぱたした足音と「はいはい」という声がして、引き戸が開けられた。

「あら、こんにちは。もしかして皐月さんのところの……？」

出てきたのは、おっとりしたおばあちゃん。やせていて、サマーニットとロングスカートを身につけている。パーマのかかった白髪に眼鏡、さりげないペンダントという『上品な老婦人』のイメージそのままの小暮さんは、にこにこと穏やかな笑みを浮かべていた。直売所を経営しているから農家っぽい感じの人だと思っていたから、意外だ。

「はい、孫のなつめです。今日は宮川耕太さんから聞いて、食事の宅配に来ました」

「わざわざありがとうねえ。ほんと、たいしたことないから、そんなに心配しなくても大丈夫だって言ったんだけど……」

そう語る小暮さんだが、初対面の私でも顔色が悪いとわかった。あまり眠れていないのか、目の下にはクマができている。

「でも、食べないと夏はすぐにバテちゃうので……。やっぱり食事はちゃんと摂ったほうがいいです。食べやすいものを作って持ってきたので、よかったら」

包みを差し出すと、「あらあら、まあまあ。こんなにたくさん」と感激しながら受け取ってくれる。触れたときに手が冷たかったのは、食べられないせいで体温が低くなっているのだろう。

「ありがとう。よかったら上がっていってくれないかしら。容器も返したいし」

「え……」

初対面なのに家に上がってもいいのだろうか、と若干戸惑う。でも、見ていないと小暮さんがちゃんと食べられたのかどうかわからないし、ここで帰ったらソウセキらしき猫の話が聞けない。

しばし考えたあと、私は「そうですね」とうなずいた。

「それじゃあ、お邪魔させていただくことにします」

「よかった。ひとりで食べるのもなんだか寂しいなって思っていたから」

玄関を上がると、うちとは同じような作りだけど、やっぱりどこか違う。間取りもそうだけど、置いてある家具や配置も違うし、その家独特の空気がある。そこにはやっぱり、住んでいる人の趣味や人柄が反映されるものなんだなと改めて思った。

小暮さんの家は、初めて入ったのに心地よくて落ち着く。柱に猫の爪とぎの跡があるのも、猫と一緒に暮らしてきたおうち、という感じがしてほっこりする。爪とぎやおもちゃなどの猫グッズが見えないのは、もう片付けてしまったからなのだろうか。

「こちらへどうぞ」

玄関と廊下を挟んですぐの茶の間に通される。六畳ほどの部屋には、ちゃぶ台と仏壇、テレビが置いてあった。ちゃぶ台の近くには、空になった猫用の餌皿があり、使い古された首輪も一緒に置いてあった。これはきっと、亡くなった猫ちゃんの使っていたものなのだろう。

「今、お茶を入れますからね。座っていてください」

「あ、どうも、おかまいなく……」

出された座布団に座る前に、仏壇に目をやる。すると、何人かの遺影にまじって、猫の写真が飾ってあるのに気づいた。

「ソウセキ……！」

私の知っているソウセキは二足歩行でしっぽはふたつだけど、写真の猫はしっぽが割れておらず、四つ足ですまして立っている。だけど、特徴的なヒゲ模様も顔立ちも、間違いなくソウセキだった。

食い入るように写真を見つめていると、麦茶ののったお盆を手に、小暮さんが戻ってくる。

「あら……」

仏壇を見ている私に目をとめると、小暮さんは眼鏡の奥の目を細める。

「あっ、じろじろ見てすみません。猫の写真があったもので、つい……」

「いえいえ。かわいいでしょう、その子。ソウセキっていう名前なのよ。先日亡くなってしまったんだけど……」

「そう、なんですね」

知っています、会ったことがあります。そう言ってソウセキのかわいさを語って、小暮さんを喜ばせたかった。だけど、引っ越してきたばかりの私がソウセキを知っているのはおかしいので、なにも言えない。

「じゃあ、いただきましょうか。なつめさんも座って」

「はい」

ふたりでちゃぶ台を囲むと、小暮さんは保存容器を並べてひとつずつ開けていく。そのたびに顔がぱあっと明るくなって「まあ」と反応してくれるのがうれしかった。

「どれもおいしそうねえ。見た目も華やかだし、なんだか食べられる気がしてきたわ」

「それなら、よかったです」

私の作ってきたメニューは、水晶鶏のピリ辛ソース、夏野菜の揚げ浸し、お漬物、炊きたてご飯の塩むすびだ。

鶏むね肉に片栗粉をまぶしてゆでた水晶鶏はつるつるぷるんとした食感で食べやすい。ネギとポン酢がベースのピリ辛ソースをかけると、ご飯が進む味になる。揚げ浸しはお年寄りでも胃もたれしないように、ごま油で揚げ焼きにしてからタレに浸してみた。

『辛味と酸味があれば夏バテでもするっと入るのよ』というのはおばあちゃんの言葉だ。それでもダメなときは、豚汁とお漬物。このふたつだったら身体がどんなに疲れていても食べられるから、レストラン時代にコンビニでよく買っていた。お湯を入れるだけで豚汁や具だくさんのお味噌汁ができあがるカップスープは偉大な発明だと思う。

小暮さんがこのメニューを食べられなかったら汁物をどうにかして持ってこようと思ったのだが、ゆっくりだけどおいしそうに食べていて安心した。

「ごちそうさまでした。すごくおいしかったわ。こんなに食べたのは久しぶり」

小暮さんは、塩むすびはひとつ残したものの、おかずはキレイに完食してくれた。

「お口に合って、よかったです」

「私は皐月さんの食堂の味が大好きだったの。なつめちゃんの作る料理も、皐月さんに似ていてホッとする味だわ。だから食べられたのかしら」

「そう言っていただけてうれしいです。私も、祖母の味が大好きでしたから」

初対面の人とも、『祖母の味が好き』という共通項でつながれる。私は祖母の笑顔や今までに食べた料理を思い出していて、それは優しい顔で微笑む小暮さんも同じだったと思う。

「残った塩むすびは、いただいてもいいかしら。容器は洗って返すわね」

大丈夫だと遠慮したのに、小暮さんは保存容器をキッチンで洗ってきてくれた。

「あ、ありがとうございます」

容器を受け取ると、もう用はなくなる。

麦茶も飲み干し、そわそわと「あの……ええと……ソウセキちゃんは……」と切り出すが、話題が出てこない。なにせ私が知っているのは、猫又になってからのソウセキなのだ。

「ソウセキちゃんは……寿命で亡くなったんですか？」

「えっ」

小暮さんは私の言葉を聞くと、驚いたように目を見開いた。

「あっ、ごめんなさい……！　悲しいことを思い出させてしまって……」

なにもこんなにストレートに訊くことはなかった。もっと遠回しにソウセキの話題を出すことだってできたのに。私のバカ。

小暮さんの沈んだ表情を見て、私は自分のことをポカポカ殴りたい気持ちでいっぱいになった。

「いえ、いいのよ。あの子のことを訊いてくれたからびっくりしてしまっただけ。そうねえ、寿命なのかもしれないけど、もっと長く生きられたんじゃないかって思うの」

「え……？」

聞き返すと、小暮さんは「腎臓が悪くなってね」とつぶやく。

「お医者さんによると、腎臓が悪くなるのは猫によくあることらしいんだけど……。ソウセキは太っていてね。ずっと、ダイエットしたほうがいいと言われていたのよ。ほら、写真でもふくふくしているのがわかるでしょう？」

神妙にうなずくと、小暮さんはふふっと笑った。

「家であげるキャットフードはダイエットフードにしていたのだけど、ソウセキはグルメな猫でねえ。魚とか、ハムとか、人間の食べるものを欲しがるのよ。ダメだってわかっていたのに、かわいいからついねだられるままにあげてしまって。私がきちんと食生活を管理していれば、もっと長生きできたかもしれないのに」

小暮さんの話は、あれほどかたくなに『キャットフードしか食べられない』と断言していたソウセキと結びつかなくて、戸惑う。

「おいくつ、だったんですか？」

「十三歳よ。今は猫によっては二十歳まで生きる時代でしょう。どうしても、後悔が残ってしまって。あの子に申し訳ないと思うと、食事が喉を通らなくてね……」

小暮さんがうつむくと、急に目元のクマが濃くなったように見えた。悲しみを閉じ込めたその表情に、胸が痛む。

「でも、ソウセキちゃんは悲しむと思います……。小暮さんの元気がなかったら」

「そうねえ。早く元気を出さなきゃって、思ってるんだけど。ずっとふたりで暮らしてきたから、どうしてもね……」

無理やり作ったような、弱々しい微笑み。

もしかしたらソウセキも、小暮さんへの罪悪感が原因で、キャットフードしか食べられなくなっているのではないだろうか。小暮さんがソウセキの死を自分のせいだと思っているのと一緒で、ソウセキは、自分がキャットフードだけ食べていれば、もっと長生きできて小暮さんを悲しませなかったのにって……。

お茶のお礼を言い、無理やり料理の代金を握らされた私は、小暮さんの家をあとにしながら、どうすればいいのか考えていた。

「紅葉さん……。私、どうすればいいのでしょう」

水曜日。私はすっかり策をなくし、ほたる亭に来た紅葉さんに弱音を吐いていた。

小暮さんとソウセキを会わせてあげて、直接会話ができれば、ふたりの後悔は消えるのかもしれない。でも、小暮さんはソウセキの姿を見ることができない。

このまま定期的に小暮さんに食事を届けて、悲しみを時間が癒やすまで待つことも考えたけど、それではソウセキの問題が解決できない。

生きていけなくなったあやかしがどうなるのか私にはわからないが、ソウセキが一度死んでいることを考えれば、存在自体がなくなってしまうのではないか、と想像するのはたやすかった。そんなの、二回死ぬのと一緒だ。小暮さんがあんなに愛していたソウセキを、そんな苦しい目にあわせたくない。

「なぜ私に訊く」

紅葉さんは冷やし中華を上品に食べながら、ぶっきらぼうに吐き捨てる。

「ほかに相談できる人がいないからです。猫又になったソウセキを知ってる人って、紅葉さんだけですし」

そりゃあ私だって、毒舌を吐かれることがわかりきっている紅葉さんより、もっと優しい人に相談したい。でも現状、あやかしが見える仲間が紅葉さんしかいないのだから仕方ない。

お昼を食べにきたあやかしたちはすでに食事を終え、テーブル席をくっつけておしゃべりしている。ああいうところは、井戸端会議する主婦もあやかしも変わらないのだなあ、と妙なところで感心してしてしまった。

「まだここにいるなら、なにかデザートでも食べる？」

カウンターからテーブル席に向かって声を張りあげると、「食べるー」という揃った声が聞こえてくる。ケサランパサラン、と呼ばれるカラフルな毛玉たちも、『自分たちも食べたい』と訴えるようにふわふわ飛んでアピールしてくる。

「じゃあ、ちょっと待ってて」

昨日の夜に仕込んでおいた、果物のゼリーを冷蔵庫から取りだす。種類は桃、オレンジ、マスカット、さくらんぼ。マスカットとさくらんぼは丸ごと一粒、桃とオレンジは大きめに切った果肉がごろごろ入っている食べごたえのあるものだ。

麦茶のおかわりと果物ゼリーを人数分出してあげると、あやかしたちは「おおー」と声を弾ませた。

「紅葉さんも、どうぞ」

冷やし中華を食べ終えた紅葉さんの前に桃のゼリーを置くと、驚いた顔をされた。

「……頼んでいないのだが」

「知ってます。サービスです」

紅葉さんは面くらったように押し黙ると、そのまま静かにゼリーに手を伸ばした。表面をスプーンでつついて、ぷるぷるとした感触を楽しんでから口に運んでいるけれど、手作りのゼリーがそんなに珍しかったのだろうか。

ゼリーを食べ終わった紅葉さんは「ごちそうさま」と告げると、舌を出して唇をぺろりとなめた。その仕草が妙に官能的で、ドキッとする。

「……なつめ」

「は、はい」

急に名前を呼ばれて声がうわずってしまったけれど、バレていないだろうか。

「甘味の礼にひとつだけ教えてやる。飼い主が食事を摂れないのは、本当に罪悪感だけが原因か？」

「えっ……。ほかになにか、あるんですか？」

「今までふたりがどうやって食事をしていたか、考えてみろ」

そのとき私の脳裏に、ちゃぶ台のそばにあった餌皿の画がよみがえった。あそこにソウセキのお皿があるってことは、もしかして――。

「小暮さんはいつも、ソウセキと一緒に食事を摂っていた……？」

キャットフードに夢中になるソウセキに、『おいしいねえ』と話しかけながら、ごはんを食べる小暮さんの姿が思い浮かぶ。一足先に自分のごはんを食べ終えたソウセキは、小暮さんにおかずをねだることもあっただろう。それを小暮さんは無視できなくて、ソウセキに与えていた。

そういえば――。私に家に上がることを勧めたとき、小暮さんは『ひとりで食べるのもなんだか寂しいなって思っていたから』と言っていた。よく考えれば、ひとり暮らしなら今までだってひとりで食べるのが当たり前だったはずだ。寂しいのは、一緒にごはんを食べていた相手がいなくなったから。なんでそのとき、この事実に思い当たらなかったのだろう。

「気づいたか。なら、ふたりに一緒に食事をさせればいい」

「でも、小暮さんはソウセキの姿が……」

「そこは、工夫でなんとかしろ。姿が見えないのは飼い主のほうだけだろう」

「工夫って言っても……」

人間があやかしを見えなくてもあやかしからこちらは見えているので、ソウセキからは、小暮さんが見えているし声も聞こえている。わからないのは、小暮さん側からだけだ。それなら、小暮さんにどうにかしてソウセキの姿を認識してもらえればいいのだけど……。

「あっ」

今、それを解決できる方法が、ぼんやりと思い浮かんだ。

「なにか思いついたのか？」

「はい、一応……。でも、これはあまりにも……」

子どもだましというか、苦肉の策すぎるというか。へたをすると、小暮さんに『ふざけているのか？』と思われかねない方法だ。

「やってみればいい。どんなにくだらない案でも、なにもしないよりはマシだろう」

意地悪ばかり言う紅葉さんが、珍しくまともなことを言うので、思わず顔をまじまじと見てしまった。

「……そうですね。その通りです」

やれることがほかにない今、ソウセキと小暮さんを助けたいと思うなら、尻込みしていないで行動に移さなければ。

「でも、気になることがあるな」

紅葉さんは頬杖をつき、じっと宙をにらむ。

「えっ？　なんですか？」

「ソウセキは十三歳で死んだと言っていたな」

「はい、小暮さんがそう言ってました」

「猫又は、長生きした猫がなるものだ。昔は二十年と言っていたが、今はそれ以上だろうな」

「あ……」

そうだった。それもすっかり忘れていた。

猫又になるには、長生きする以外の方法があるということなのだろうか。ソウセキはどうやって、死んでから猫又になったのだろう。

「まあ、それはあとでいいだろう。それより、ソウセキをどうやって呼び出すんだ？」

紅葉さんに問われてハッとした。あれからソウセキは、私の前に姿を見せないのだ。

心配して、店の前にキャットフードを入れた餌皿を置いておくと、朝にはなくなっている。でも、ソウセキが食べたのかほかの猫が食べているのかはわからない。

「そうでした。どうしましょう」

猫が脱走したときも、つかまえるのは難しいと聞く。しかも、それから説得して食堂に連れてこなければならない。

眉を寄せて悩んでいると、紅葉さんがスプーンでゼリーの器をコンコンと叩いた。

「甘味のサービスひとつで、引き受けてやってもいいが」

「ほんとですか？　お願いします！　ひとつと言わず、何個でも！」

私が、ほかの三種類のゼリーを持ってくると、紅葉さんは「ひとつでいいと言っただろう」と困り顔になった。

結局、さくらんぼのゼリーに手をつけた紅葉さんは、明らかにいつもより機嫌がよい。ゼリーをそんなに気に入ってくれたのだろうか。もしかしたら甘党なのかもしれない。今後、紅葉さんに頼み事をするときは、デザートをサービスすることにしよう。

「ソウセキのことは任せておけ。お前は飼い主を連れてくるのを忘れるな」

「はい、わかりました」

決行は来週の月曜日、ほかのあやかしが来ないように店を貸し切りにする作戦になった。

私はその間に小暮さんに電話をかけて約束を取り付け、例の策で使うものを調達したりした。

そうして、数日があっという間に過ぎ――。

「紅葉さんは、ソウセキを無事につかまえられたかな」

月曜日当日、私は厨房でランチの準備をしながらそわそわとふたりが来るのを待っていた。

約束の十二時までは、あと三十分。もしソウセキを見つけられなかったら――。

悪いほうに思考が動いていったとき、入口の扉が開く音がした。

「……っ！　紅葉さん……!?」

転びそうになりながら出ていくと、ぐったりした様子で抱きかかえられているソウセキと、したり顔で微笑む紅葉さんの姿があった。

「ソウセキ……！　来てくれたんだね、ありがとう」

駆け寄り、ソウセキの頭をなでると、弱々しく「ニャア……」と鳴いた。

「来たくて来たわけじゃないニャ……。疲れてどうでもいい気持ちになっただけだニャ」

ソウセキのしっぽは力なく垂れ下がり、耳もぺたんとしたままだ。いったい、紅葉さんはソウセキになにをしたんだろう。気になるけど、怖くて訊けない。

「そ、ソウセキ、ごめんね。無理やり連れてきて」

「いいニャ……。なつめが毎晩キャットフード置いてくれてたの、気づいてたニャン。ありがとニャン……」

「ソウセキ……」

やっぱり、あのキャットフードを食べていたのはソウセキだったんだ。少なくとも今ソウセキは飢えてはいないということで、ホッとした。

紅葉さんはソウセキを床に下ろす。身体が自由になっても、ソウセキは逃げなかった。

「とりあえず、あっちのテーブル席に座って？　今日は小暮さんとソウセキのために貸し切りにしたの。もうすぐ小暮さんも来るから……」

「無理ニャン。吾輩も、おばあちゃんのところには何回も会いに行ったニャン。話しかけても、すりすりしても、気づいてもらえなかったニャン」

「そうだったんだ……」

考えてみれば、ソウセキが小暮さんに会いにいかないわけがなかったんだ。飢えてどうしようもなくなった状態で、この食堂にたどり着いたのだから。

いくら鳴いても、ここにいるよと叫んでも、こっちを見てくれない小暮さん。そのときのソウセキの気持ちを考えると、涙が出そうだった。

いや、でも、暗くなんてなっていられない。私は気持ちを入れ替えて、ソウセキに向き直った。

「でも、今日は秘策があるから！」

私は、ソウセキと小暮さん――ふたりのためにセッティングしたテーブル席を指し示す。かわいいテーブルクロスを敷いて、お花を飾って、なごむように工夫したのだけれど、椅子に置いた〝あるもの〟が異様な雰囲気を放っている。

「秘策って……、これかニャン？」

ソウセキが、もともと丸い目をさらにまん丸にする。紅葉さんは、くっくっとこらえるように笑いをこぼした。

「こうして見ると、なかなかに馬鹿馬鹿しい策だな」

「も、紅葉さんが、くだらなくてもいいって言ったんじゃないですか！」

「まあ、これくらい意表をついたほうが、年寄りにはいいかもしれないな」

「フォローありがとうございます……」

そうこうしている間に時間は過ぎ、十二時ちょうどにほたる亭の扉は開いた。

「こんにちは。貸し切りっていう看板がかかっているけれど、お邪魔しちゃっていいのかしら……？」

おずおずと姿を見せる小暮さん。私は玄関まで進み出ると、腕を開いて店内に招き入れた。

ソウセキは、「おばあちゃん……」とつぶやいて、うるうるした瞳で小暮さんを見ている。本当は近くに行きたいのを我慢しているのだろう。

「大丈夫です。今日は小暮さんのために貸し切りにしたので」

「えっ……。どうしてわざわざそんなことを？　確か、食べてほしいものがあるから来てくれってことだったわよね？」

「はい。ええと、今回特別な席を用意したので、ゆっくり時間を過ごしてほしくて貸し切りにしました」

苦しい言い訳だけど、小暮さんはなんとか納得してくれたみたいだ。そして、無視をするには存在感の大きすぎる紅葉さんにやっと気づく。

「あら、この方は……？」

小暮さんが口元を押さえて驚いているのは、紅葉さんが美形なのと、服装や雰囲気が独特だからだろう。

「ええと、お手伝いの人です。気にしないでください」

「は、はあ……」

気にするなと言われても、こんなに間近で美形オーラを出されたら気になるのだろう。小暮さんはちらちらと紅葉さんを盗み見ていた。

「小暮さん。こちらの席です」

いちばん奥側のテーブル席に案内すると、小暮さんはソウセキとそっくりな顔で目を丸くした。

「これは……、ぬいぐるみ？」

対面の椅子に座っている、ハチワレ猫の大きなぬいぐるみ。これが私の〝秘策〟だった。ヒゲの模様は黒いフェルトを貼り付けて、よりソウセキに似せてみた。

「はい。今日はこのぬいぐるみを、ソウセキちゃんだと思って小暮さんにお食事をしていただきたいんです」

「ぬいぐるみを……？」

ひょっとしたら怒られるかもしれない、と覚悟して話したのだが、小暮さんは意外にも、ソウセキぬいぐるみを優しげな手つきでなでる。

「ふふ。おヒゲの模様と、ぽっちゃりした身体つきがソウセキに似ているわ。なつめさん、うれしいサプライズをありがとう」

「喜んでいただけてうれしいです。それでは、お食事を持ってきますね」

小暮さんが席についたのを確認した私は、厨房に向かい、この日だけのスペシャルランチを配膳する。

小暮さんには、白身魚のソテーレモンクリームソース夏野菜添え、じゃがいもの冷製スープ、焼きたてパンと、デザートには桃のゼリーだ。

そしてぬいぐるみの前には、湯がいた白身魚と調味料を入れていないマッシュポテトをプレートにのせたもの、ガラスの器に入れた桃のペーストを置く。

「なつめさん、これは……？」

小暮さんは、私の行動に混乱しているようだった。

「ソウセキちゃんと一緒に食べている感じにしたくて、猫用のランチも用意させていただきました。それでは、お料理の説明をさせていただきますね」

小暮さんの注意が料理に向いている間に、私は紅葉さんに目線で合図を送る。すると、紅葉さんはソウセキを抱き上げて、ぬいぐるみを置いている椅子に座らせた。

「な、なんだニャ？」

ソウセキは毛を逆立てて警戒していたが、椅子から下りることはしなかった。

「猫用のランチも、小暮さんの料理と同じ材料を使っているんですよ。玉ねぎなど猫がダメな食材は使っていませんし、猫用なので味つけはしていません。これだったら、天国のソウセキちゃんでも食べられますよね」

私はソウセキを見ながら、最後のセリフを強調する。それでソウセキには伝わったみたいだ。

「これを、おばあちゃんと一緒に食べろってことかニャン……？　でも、吾輩はキャットフード以外は……」

しょんぼりと頭を下げるソウセキだが、小暮さんの発した言葉にぴくりと反応した。

「ソウセキ、よかったね。おばあちゃんと同じもの、食べられるって」

子どもに語りかけるような優しい口調で、ぬいぐるみに向かって話しかける小暮さん。

「おばあちゃん……？」

「お魚大好きだったものね、うれしいね」

「吾輩がいると思って、話しかけているのかニャン……？」

小暮さんの視線は、ソウセキ――の後ろにあるぬいぐるみに向いている。でも、私から見たら、ソウセキと小暮さんの視線はしっかりと交わっていた。

「お魚、好きだったニャン……。でも本当はお魚が好きなんじゃなくて、おばあちゃんの手からごはんをもらうのが好きだったのニャン……」

「じゃがいものスープから食べようか、ソウセキ」

「吾輩もそうするニャン……」

小暮さんにはソウセキの声が聞こえていないのに、ちゃんと会話になっている。きっと生前も、ソウセキが『ニャー』と答えながら、こんなふうにおしゃべりしていたんだろうな。

小暮さんが冷製スープに口をつけると、ソウセキもおずおずとマッシュポテトを口にした。キャットフード以外のものが食べられたことに、私は心の中でガッツポーズをする。

「おいしいね、ソウセキ。ソウセキが一緒だと、ごはんがおいしく感じるわ」

「おいしいニャン、おばあちゃん。吾輩も、おばあちゃんが一緒なら、なんでも食べられるニャン……」

スープが終わって白身魚のソテーに移るとき、小暮さんがソウセキのプレートに目をとめた。

「あら……？　なんだかソウセキのお皿、料理が減っているように見えるのだけど」

私はぎくっとして、背中に冷や汗が流れた。

あやかしがごはんを食べたらごはんはなくなる。ソウセキが見えないのにお皿の料理だけが減っていたらあやかしいと思われるに決まっている。

「も、もしかしたら、天国からソウセキちゃんが食べにきているのかもしれませんね」

紅葉さんに目線で助けを求めてもなにも言ってくれないので、真実を若干ソフトに言い換える。

心霊現象だなんて怖がる人もいると思うのに、そこは飼い猫への愛なのだろうか。小暮さんはぷるぷると震えて目に涙をためた。

「ソウセキ、そこにいるの……？」

「いるニャン！　おばあちゃん！　ここだニャン！」

ソウセキも、黄色くて丸い瞳をじわっと濡らしながら、声を張りあげる。小暮さんに聞こえていないとわかっていても、そうしなきゃ耐えられなかったのだろう。

「ごめんね、ソウセキ。ソウセキが長生きできなかったの、おばあちゃんのせいだね」

「違うニャン！　吾輩がわがままだったから、おばあちゃんを悲しませたニャン！　おばあちゃんは悪くないニャン！」

その言葉で、どうしてソウセキがキャットフードしか食べられなかったのか、自分の予想が当たっていたことがわかった。自分が死んだせいで、小暮さんを悲しませたと思っているソウセキ。でも、自分がわがままを言わずにキャットフードだけ食べていたら、もっと長生きできた。だからその罪悪感で、猫又になってからはキャットフードしか食べられなくなってしまったんだ。

「ソウセキだったら、きっと、『そんなことない』って言ってくれるんだろうね。ううん、死んじゃったことをごめんねって、謝るんだろうね、ソウセキは優しい子だから」

小暮さんは泣き笑いの表情になって、涙を手の甲でぬぐった。

「おばあ……ちゃん……。ひとりぼっちにして、ごめんニャン。寂しい思いをさせて、ごめんニャン……」

ニャーン、と甘えた声でひと鳴きするソウセキ。

ふたりの会話を聞いていた私の目頭も、熱くなっていた。

「でもね、なんだか、ここに来る前よりも寂しくないよ。亡くなっても、ソウセキが見守ってくれているって、わかったからかな」

「……そうニャン。吾輩、猫又になってからもずっと、おばあちゃんのこと見てたニャン」

ふたりは同時ににっこりと微笑み合い、食事の続きに取りかかる。ぬいぐるみの前のお皿がすっかり空になっても、小暮さんはなにも言わず、愛しそうにお皿を眺めていた。

「なつめさん。今日はどうもありがとう。お皿の料理が勝手になくなるなんて、不思議なこともあるのね。本当に、ソウセキが来てくれた気がしたわ」

小暮さんは来たときとはまったく違うさっぱりした表情で席を立った。

「……私も、本当にソウセキちゃんが来てくれたんだと思います」

そう告げると、小暮さんは私の手を取って再び「ありがとう」とつぶやいた。

「あの。ソウセキちゃんは、小暮さんにいつまでも元気に長生きしてほしいと、思ってるんじゃないでしょうか」

お会計が終わって、扉に手を伸ばした小暮さんに声をかける。

「そうね。あの世に行ったときにソウセキに怒られないように、しっかり生きなきゃダメね」

小暮さんは、ぬいぐるみの置いてあるテーブル席を振り返る。なんだか、心の中でソウセキと約束しているみたいに見えた。

ソウセキは『家まで吾輩が送るニャン！』と小暮さんについていったので、紅葉さんとふたりきりになる。

帰るそぶりもないし、黙っているのも気まずいので、テーブルの上を片付けながら話しかけた。

「ソウセキもキャットフード以外のごはんを食べられたし……、これからは、小暮さんもちゃんと食事を摂れるようになるでしょうか」

「なるだろう。自分の飼い猫と、約束したのだから」

「え……」

紅葉さんが、私と同じことを感じていて驚いた。私と違って、自信満々で迷いのない口調だけど。

「なつめ」

「は、はい」

厨房にお皿を下げるところを呼び止められて、紅葉さんに向き直る。じっと見つめられて、なんだか居心地が悪い。すると——、紅葉さんの大きな手が、私の頭にすっと伸びた。

「よくやったな」

そのまま、髪の毛をなでるように紅葉さんの手のひらが頭の上を行き交う。

「な……な……」

全身の血液が顔に集まって沸騰するかと思った。今、私の顔は、さぞかし赤くなっているだろう。

紅葉さんは言葉を失っている私を見てふっと笑うと、

「初心《うぶ》だな」

とつぶやいて、涼しい顔で帰っていった。

「な、なんなの。いきなり」

恋人でも家族でもない男性に頭をなでられるなんて、初めての経験だ。でも、なぜだか不思議と嫌じゃなかった。

「……もしかしたら、紅葉さんって悪い人じゃないのかも」

急に静かになった店内に、私のつぶやきがぽとりと落ちた。

なんだかんだ言いつつもソウセキを助けることに協力してくれたし、最初に厳しいことを言ったのも、ソウセキのことを思ってなんじゃないかって、今は思える。

ただし、よくわからない変人であることは間違いない。

次に来てくれたときは、ソウセキと紅葉さんに、今回のお礼として特大ゼリーをごちそうしようかなと考える。大きなぷるぷるゼリーを目にしたときのふたりの反応を想像すると、自然と私の頬はゆるんでいた。

＊　＊　＊

数日経ち、暦が七月に変わったころ。

「えっ、トウモロコシの収穫ですか？」

私は宅配に来た耕太さんに、意外なイベントに誘われた。

「そうなんだ。小暮さんと一緒にどうかなって思って。おばあちゃんも、なつめちゃんになにかお礼したいって言ってたし」

なんでも、トウモロコシは収穫した瞬間から糖度が落ち始めるので、収穫してすぐがいちばん甘くておいしいらしい。

「なつめちゃんはまだ、朝穫れのトウモロコシをその場で食べたこと、ないだろう？　せっかく天久町に来たんだから、この町のうまいもの、食べさせたくてさ」

「え——」

農業男子らしいその言葉にドキッとしてしまう。いや、口説き文句ではなく、ただの優しさなのはわかっているのだけど。

「もしよかったら、今度店が休みの日、朝からどうかな？」

「は、はい。ぜひ」

「汚れても大丈夫な格好してこいよー」

耕太さんは、白い歯をきらめかせて帰っていった。

そして、トウモロコシ収穫当日。

農作業着がないのでTシャツにジャージという格好の私は、着いてすぐ小暮さんに麦わら帽子をかぶらされた。あごひもがついていて、つばの部分に日よけ布がかかっているタイプだ。

「若い女の子なのに、日焼けしちゃうと悪いからねえ」

「あ、ありがとうございます」

まだ午前中だというのに日射しは強く、日焼け止めを塗っただけでは心もとなかったのでありがたい。それにしても、紅葉さんは夏だというのにまったく日焼けする様子がないが、実はこっそりＵＶケアをしているのだろうか、と小麦色の肌の耕太さんを見て思う。

背丈ほどの高さがあるトウモロコシ畑に入って作業するのは案外楽しく、葉っぱとひげがついた状態のトウモロコシを見るのも新鮮だった。

「お鍋と携帯コンロを持ってきたから、ここでゆでちゃいましょう」

準備万端の小暮さんが、穫ったそばからゆでた丸ごとトウモロコシを、私に手渡してくる。

大口を開けてかぶりつくと、信じられないほどみずみずしい甘みに、「んんっ」と驚きの声がもれる。

「甘い！　これ、本当においしいです！　今まで食べたトウモロコシと全然違う……」

「そこまで喜んでもらえると、農家冥利につきるよ」

オーバーオールで作業している耕太さんはうれしそうに笑って、首に巻いた手ぬぐいで汗をぬぐった。

「秋には新米ができるからねえ。天久町のお米はほんとにおいしいのよ。山から流れてくる湧き水のおかげって言われてるけど」

「へえ……、そうなんですか。楽しみです」

畑のはじっこに座ってトウモロコシを食べていると、通りかかった人が挨拶してくれる。眠そうな人や疲れた顔をした人なんていなくて、みんな明るい笑顔でそれぞれの畑に向かっていた。

座ったまま空を見上げると、都会ではお目にかかれなかったような大きな入道雲が浮かんでいた。そのままずっと見ていると、雲の流れる早さがわかる。ビルに遮られない空を見ていると、自分が自然の一部だということがふっと理解できて、肩の力が抜けた。

田舎の密な人間関係は疲れると思っていたけれど、全然そんなことなかった。なんでも、実際に体験してみないとわからない。このトウモロコシのおいしさみたいに。

まだ住み始めたばかりだけど、この町はとっても居心地がいいよ、おばあちゃん。

家に帰ったら、自分が収穫したトウモロコシを仏壇に供えようと決めた。

# 三品目

# キュウリが怖い河童

さまざまなフルーツが閉じ込められたドーナツ形のゼリーを見て、紅葉さんとソウセキは「ほう……」と息をもらした。

「どうでしょう？　ババロア用のリング型で作ってみました」

透明なゼリーの中には、カットされたいちご、ブルーベリー、缶詰の桃とパイナップルがごろごろ入っていて、宝石で作った冠みたいだ。スターフルーツを輪切りにしてキウイを星形に抜いたのは、七夕が近いから。せっかく四季を感じられる田舎にいるのだから、少しでも季節感のあるメニューを出したくて考えたのだ。

「すごいニャ、天の川みたいだニャ！」

「ふむ、手が込んでいて見事だな」

と、ふたりがうれしいことを言ってくれる。

「これ、ひとり一個食べていいのかニャ？」

前足をカウンターテーブルに置いて、ソウセキが身を乗り出した。

「うん、もちろん。でもかなり大きいけれど、食べられる？」

アイスティーを淹れながらふたりにたずねると、同時に大きくうなずいた。

「無論。問題ない」

「大丈夫だニャ！」

ふたりは思い思いにゼリーをスプーンで崩していく。

今日は、あやかし用の営業日。ほかのお客さまがいなくなった頃合いを見計らって、ふたりにゼリーを出したのだ。ここまで大きいゼリーを一人前では出せないから、今日だけの特別だ。

「この前は一種類だったが、たくさんの果物が入っているのも美味だな。見た目も美しい」

うっとりした表情をしながら、紅葉さんはゼリーののったスプーンを掲げる。透明なゼリーがきらきらと照明を反射して、キレイだ。

「紅葉さんの好物はすいとんでしたけど、甘いものも好きなんですか？」

「甘いものというよりは、見た目が美しいものが好きだな。あとは、食感が楽しいものがよい」

「ぷるぷるとか、もちもちとかですか？」

「そういうことだ」

なるほど、だから果物ゼリーがお気に召したのか。すいとんの見た目が美しいかどうかは入れる材料によるだろうけれど、確かに食感はもちもちしている。

「あとは、味が複雑なものよりはわかりやすいもののほうがいいな。洋食よりは和食のほうが慣れた味で落ち着く」

「へえ……」

着物を着ていることからもうかがえるけれど、やはり趣味は和風のようだ。

「私は両方好きですけどね。おばあちゃんは和食のほうが得意だったかな」

「ああ、皐月の和食は格別だったな。長年皐月の料理ばかり食べていて、ほかの者の料理は受け付けないのではと心配だったが……。なつめに関しては杞憂だったようだ」

ゼリーで機嫌がいいからなのか、いつもよりストレートに褒めてくれたので、照れる。

「あ、ありがとうございます。でも紅葉さん、長年食べてきたって、ずいぶんお若いころからこの食堂に通ってくれていたんですね」

視線はゼリーにやったまま、紅葉さんの肩がぴくりと動く。

「まあ、そうだな」

「あの……、紅葉さんって、いくつなんですか?」

「見た通りだと思うが」

見たまんまの年齢だと、二十代後半くらい。でもその歳の落ち着きではないんだよなといぶかしい目で見てしまう。もしかしたら三十歳をこえていて、見た目が若く見えるだけなのかもしれない。本当のことは教えてくれない人なので、どれも単なる予想だが。

「ところで、ソウセキ」

ゼリーを食べ終わり、カフェインレスのアイスティーをストローで飲んでいるソウセキに、紅葉さんがたずねた。

「お前の享年は十三歳だと聞いたが間違いないか？」

「数を数えるのは苦手だけど、だいたいそれくらいだと思うニャン」

と、うなずくソウセキ。対して紅葉さんの眉間にはシワが寄り、この間言っていた、ソウセキが『長生きしていない猫又』な件について考えているのだとわかった。

「そうか。しかしそれでは、猫又になる条件を満たしておらぬ。なぜ猫又になったのか、心当たりはあるか？」

うぅーん、と目をすがめて首をかしげたソウセキだが、ハッとまぶたを開けるとヒゲをぴくぴくと動かした。

「ニャン……！　そういえば……」

思い出すことに集中しているのか、黒目が大きくなるソウセキ。

「吾輩が死んだ日のことニャン。もうすぐ自分が死ぬとわかったけど、苦しくて、つらくて、『死にたくない、死にたくない』とずっと心の中で思っていたニャン。吾輩を抱っこしてくれたおばあちゃんもずっと、泣きそうな顔をしていたニャン……」

ソウセキの声がしぼんでいく。こんなつらいことを思い出させて申し訳ない気持ちになっていたら、急に話の風向きが変わった。

「そうしたら、頭の中で声が聞こえたニャン」

「声？」

「そうニャン。男の人の声だったニャン。確か、『死にたくないなら力を貸してやろう』って言っていたニャン。吾輩は、『死にたくない』って心の中で返事したニャン」

私と紅葉さんは、カウンター越しに目を見合わせた。死ぬ寸前に聞こえた、小暮さんではない男の人の声。その声って明らかに、普通の人間じゃない。

「それから意識がもうろうとして……死んだときのことはよく覚えてないニャン。次に目が覚めたときには猫又になっていて、二本足で歩けて人の言葉も話せるようになっていたニャン」

ソウセキは、そのときの驚きを思い出すかのように、二本の前足を見つめた。

「あれは、神さまの声だったニャン？　おばあちゃんと離れたくないと思った吾輩の願いを、叶えてくれたのニャン？」

紅葉さんはしばし目を閉じたあと、静かに首を横に振った。

「神は、天に昇ろうとしている魂をあやかしにして引き戻したりはしない」

「ニャ……。じゃあ、だれだったのニャン?」

「考えられる説のひとつだが……。お前の『死にたくない』という気持ちが具現化した声だったのかもしれない。その願いが強いものだったから、ソウセキの魂は地上に留まり、猫又になった」

「人間で言うと、地縛霊……みたいなものってことですか?」

子ども向けのアニメで、交通事故で命を落とした地縛霊の猫が出てくるものがあったっけ。アニメと比べることはできないけれど、ソウセキもそういうものなのだろうか。ただソウセキには、地縛霊っぽい湿っぽさやおどろおどろしさはまったくない。ただのかわいい猫だ。

「断言はできん。可能性があるというだけだ」

そう言ったあと、紅葉さんは腕を組んで遠くを見た。

「しかし、妙だな。普通、心の声というのは、自分の声や身近な声で再生されるものだ。ソウセキでも、飼い主でもない男の声というのは、気になる」

「ニャン……」

ソウセキが不安そうな顔をしているので、あわてて話を逸らす。

「でも、紅葉さん、すごいですね。あやかしのことだけじゃなくて神さまのこともわかるなんて」

「……ただの予想だ。神ならそうするだろう、という」

「それでもすごいですよ。私、神さまの考えていることなんて、なにもわからないですもの」

そのときふっと、紅葉さんが寂しそうな表情をしたのはなぜだろう。

「普通は、そうだろうな」

その理由が気になったけれど、紅葉さんがそれっきり黙ってしまったので、私はなにも聞き返せなかった。

＊　＊　＊

朝穫れのトウモロコシにすっかりはまってしまった私は、食堂開店前に耕太さんの畑を訪れていた。

「ふふ～、これでみんなにも食べさせてあげられる」

宅配もしてもらっているのにさらに追加で、なんて迷惑がられると思っていたが、耕太さんは『畑まで来てくれる人なんて初めて』と喜んでくれて、キュウリやトマトまでくれた。

　これで、なにを作ろう。まず午前中に来てくれたお客さまにはゆでただけのものを出して朝穫れのおいしさを味わってもらい、午後はコーンスープにして出そうか。ああでも、トウモロコシのかきあげや、トウモロコシご飯も捨てがたい。

　ジージーと鳴くセミの声を聞いていると、ああ夏本番だなあと実感する。山のそばだから虫の声はすごいけれど、朝と夜は意外と涼しい。木陰に入っても風の心地よさを感じることができるので、コンクリートジャングルを歩くよりも田舎道を歩くほうが楽だ。

　野菜カゴを両腕で抱えて歩いていると、細い川にさしかかった。石でできた橋がかかっているが古くて小さく、人と自転車しか通れない狭さだ。ここを通るとすぐに畑に抜けられるから近道しているけれど、実は渡るときに若干怖い。

　橋の下に見えるのも、整備されていない、山から下りてくる自然そのままの川だ。水が澄んでいるので、川面から川底が見える。ゴツゴツした石がたくさんあるから、万が一橋から落ちたらとても痛そうだ。

　なんとなく早足になりながら通り過ぎようとすると、川上のほうに大きな緑色の物体が見えた。

「……ん!?」

最初は、葉っぱのかたまりが流れてきたのかと思った。でも違う。濃い緑色をしたそれは、生き物の形をしている。

「ええ……っ？」

橋の欄干から身を乗り出して川を覗き込むと、それはなんと河童だった。しかも意識がないらしく、背中の甲羅を見せたまま、どんぶらこと流されている。

なんだこれ。『河童の川流れ』ってことわざがあるけれど、本当に河童が川を流れている。

「い、生きてるよね……？」

橋を渡った私は、流れる河童を追うように川沿いを走る。もうすぐ川が浅くなるところがあるから、そこで引っかかってくれたら助けられるはず。

予想通り河童の動きが止まったので、川べりに下りて流れギリギリまで近づいた。

おそるおそる河童に触ってみると、肌の表面はつるっとしてひんやりしている。

「う、うぅ……」

未知の感触に戸惑いながらも、中型犬ほどの大きさの河童を川から引き上げた。着ていたブラウスとパンツがずぶ濡れになってしまったけれど、仕方ない。問題は河童のほうだ。

「ど、どうしよう……」

甲羅を下にして川辺に寝かせた河童は、起き上がる気配がない。時折表情が苦しそうに動くので、生きてはいるのだろう。

このまま放っておくわけにいかないけれど、私ひとりで店まで運ぶ力がない。しかも、こんなところをだれかに見られたら大変だ。普通の人からしたら、私がひとりで川に入ったようにしか見えないし、言い訳を考えるのが難しすぎる。

河童の呼吸を確認したり、揺すったりしてみていると、上のほうから声がかかった。

「なつめ。そんなところでなにをしている」

見上げると、川沿いの道路を歩いている紅葉さんがいた。今日は藤色の着物姿で、優雅に和傘なんか差している。

「も、紅葉さん！　手を貸してください！」

「なにやら面倒そうだ」

無視して通り過ぎようとする紅葉さんに「ゼリーひとつサービスで！」と叫ぶと、しぶしぶながらも下りてきてくれた。

「河童ではないか」

あれほど嫌そうにしていたのに、倒れた河童を見るやいなや、お皿や甲羅を触ったりして状態を確認してくれている。やはり、根はいい人なのだ。

「川の上のほうから流れてきたんです」

そう説明すると、紅葉さんは怪訝そうに眉をひそめた。

「河童が？　水棲《すいせい》のあやかしなのに？　……妙だな」

「とりあえず、一緒にお店まで運んでください。人が来ないうちに」

私と紅葉さんは、河童をふたりで抱えて食堂に運んだ。テーブル席の椅子に寄りかからせたところで、河童はうっすらと目を開けた。

「……うーん」

「あ、起きた？　具合は大丈夫？」

ぼんやりしていた目が私を見て、徐々に焦点が合ってくる。

「……ここは？」

「ほたる亭だよ。君、川で流されてたから、ここまで運んだの」

のっそり起き上がった河童は、お皿を押さえて頭を振った。

「オイラ……。そうだ、川上で溺れて……」

「河童が溺れるなど、聞いたことがないぞ。なにがあったんだ？」

紅葉さんがたずねると、河童はがっくりとうなだれた。

「……キュウリが食べられなくて、力が出なくて」

「キュウリ？　それだったら、ここにあるけれど」

野菜カゴの中から、丸ごとのキュウリを取りだす。少しカーブしたキュウリはどっしりと太く、ゴツゴツしたイボがいかにも新鮮そうだ。

しかし河童は、「ひっ」と叫んで椅子から転げ落ちると、ひざを抱えてぶるぶる震えだした。

「そ、それを近づけないでくれ……。お、オイラは、キュウリが怖いんだ」

「キュウリが怖い？」

私も紅葉さんも、きょとんとしてしまった。キュウリが嫌い、ではなく怖い、とはどういうことなんだろう。ただの野菜に、あやかしを怖がらせるほどの力があるとは思えないが……。

河童の姿を観察していると、私はあることに気づいた。

「ねえ、君、オープン初日に来てくれた河童とは違う子だよね？」

「わかるのか、なつめ」

「はい。色がちょっと違う気がするし、お皿の輝きも、ほら。この子のほうがぴかぴかしてるんです」

その言葉を聞くと、河童はぴくっと反応した。震えもおさまったようで、ゆっくりと顔を上げる。

「……そうだ。オイラの自慢は、ぴかぴかのこのお皿なんだ。お皿が鏡みたいに光るから、カガミって呼ばれている」

「カガミね。私はここの店主でなつめ、この人はお客さんの紅葉さん」

「なつめと、紅葉だな。覚えたぞ」

自己紹介すると、カガミは少し落ち着いたようだ。今なら質問しても大丈夫かも。

「キュウリが怖いから食べられなくて、それで力が出なくて溺れた、ってこと？　どうして、ほかのものを食べなかったの？」

その疑問には、紅葉さんが答えてくれた。

「河童の世界は上下関係とイメージ戦略に厳しいんだ。特に今のリーダーは、『河童たるものキュウリ以外を食べてはならぬ』と豪語していてな。カガミも、隠れてキュウリ以外のものを食べるわけにいかなかったのだろう」

「えっ。でも、それじゃあ、ずっとなにも食べられないってことになるじゃないですか！」

上下関係はまだしも、あやかしにイメージ戦略なんて必要なのだろうか。好きなものを食べればいいじゃないと思うのは、私が人間だからなのかな。

「どのくらい、なにも食べてないの？」

たずねると、カガミはうつむいてからぽつりとつぶやいた。

「……五日、くらい」

「えっ、そんなに？」

そんなに何日も栄養を摂っていなかったら、倒れるに決まっている。正直、今こうして立っていられるのも不思議なくらいだ。

言われてみれば、カガミの手足は店に来てくれた河童より細い気がする。私の中でむらむらと、カガミにごはんを与えたい欲求がわいてきた。

ソウセキといいカガミといい、空腹で行き倒れているあやかしに私は弱いみたいだ。自分も仕事のストレスで、なかなかごはんが喉を通らない時期があったから、食べられなくて困っている子を放っておけない。

「キュウリじゃなきゃダメってことは、キュウリが入ってる料理ならいいんでしょ？ちょっと待ってて、料理してみるから」

開店初日に来た河童が、キュウリ入りの料理を食べていたのを思い出したのだ。

今回私の作ったのは、ガスパチョと冷やし中華だ。冷やし中華の具には、キュウリの千切りをちょこっとのせてある。ガスパチョのほうはトマトベースの冷製野菜スープで、具材をミキサーでスープ状にしてある。キュウリの味も色も形もわからないから、最悪これだけは食べられるはず。そして、紅葉さんには約束の、杏仁豆腐。ゼリーではないけれど、似たようなものだし大丈夫だろう。

テーブル席に持っていくと、カガミは料理を見てほぉーっと感嘆の息を吐いた。さっきみたいに怖がってもいない。

「うまそう。……オイラが本当に食べていいのか？　客じゃないのに？」

「この食堂に入った人はみんなお客さまだよ。どうぞ」

カガミはぎこちない手でスプーンを持つと、ガスパチョを口に運んでいく。そこからは早かった。スプーンをテーブルに戻すと、器を両手で持って日本酒のようにガスパチョを飲み干し、お箸でかきこむようにして冷やし中華も食べていく。お皿が空になるのは、あっという間だった。

「カガミは、千切りのキュウリだったら食べられるのか？　それとも少しだったからか？」

紅葉さんは、怪訝そうにお皿を覗き込む。私もそれは不思議だった。単純にキュウリの味が苦手なら、千切りにしただけでは食べられないと思うのだけど。

「……わからない。千切りだったら怖くないのも、今知った」

　どうやらカガミのそれは、普通の好き嫌いとは違うようだ。

「だったらおぬし、しばらくこの食堂に通って、キュウリを克服してみてはどうだ？」

　突然の紅葉さんの提案に、カガミはぱちぱちとまばたきをした。

「えっ？」

「どの状態のキュウリなら食べられて、どの状態なら無理なのかわかれば、これからの対策もしやすいだろう。なつめは、キュウリが少し入った料理から始めて、段階を追って増やしていく」

「なるほど、それはいい案ですね」

　野菜が苦手な子どもにも、最初はみじん切りにして料理に混ぜたりするみたいだし。そうして徐々にキュウリに慣らしていけばいいんじゃないだろうか。

「でもオイラ……、そこまで世話になるわけには……」

「気にしなくていいの。食べられないときって、つらいもの。頼れる人がいれば、頼っていいんだよ」

　カガミは瞳を潤ませたあと、それを隠すようにぺこっと頭を下げた。

「……ありがとう、なつめ」

空気がしんみりしたけれど、紅葉さんはそんなことおかまいなしにカガミに疑問をぶつけていく。

「カガミ、さっき五日前から食べていないと言ったな。その前はキュウリを食べていたのか？」

「う、うん」

「なぜ、五日前から突然食べられなくなった？　なにか理由があるのか？」

「理由なんて……ない。ただ急に、キュウリが嫌になっただけだ」

さっきの怯えっぷりは、『ただ嫌になった』では説明がつかないと思うけれど、カガミはそれ以上口を開いてくれなかった。

「なつめ。カガミの件をどう思う」

カガミがお礼を言って食堂を出ていってから、紅葉さんは私に問いかけた。

「うーん……。キュウリでなにか嫌なことがあって食べられないのかなと思いました。たとえば、無理やり食べさせられたとか……」

私も、小さいころは酒粕《さけかす》が苦手で、郷土料理の『しもつかれ』が食べられなかった。しもつかれは、鮭と大豆、小さく切った大根やニンジン、油揚げを酒粕と調味料で煮込んだ料理だ。祖母に『栄養があるからちょっとでも』と言われて無理やり口に運んだら、吐いてしまったことがある。今ではしもつかれも普通に食べられるけれど、しばらくはしもつかれを見るだけでそのときのことを思い出して、気持ち悪くなっていたっけ。

「なるほど。それなら、『怖い』と言っていた理由にも説明がつくな。キュウリが怖いというより、そのときのことを思い出して怖くなるのか」

「ただの予想ですけどね。本当の原因は、カガミがキュウリを克服したら話してくれると思うし、気長に待とうと思います」

私が伸びをしながらそう告げると、紅葉さんはまぶしいものを見るように目を細めた。

「……どうにものんびりしている女子《おなご》だと思っていたが、そこがお前の長所でもあるのだな」

「それって褒めてます……？」

せっかく褒められたと思ったのに、喜んでいいのかわからない。

「それに、私がのんびりしているとしたら、それはこの町に来たおかげだと思います。昔だったら、こんなふうにだれかを気にかける余裕もなかったですし」

レストランで働いていたころは、自分で自分を食べさせることに必死だった。旬の野菜を気にして摂ることもできていなかったし、そのころの私が今の、朝穫れのトウモロコシを楽しんでいる私を見たら、驚くと思う。

「この町のおかげでなつめが自分らしさを取り戻したなら、それは私にとってもうれしいことだ」

そう言って私を見つめる紅葉さんの瞳は、びっくりするくらい優しかった。

「紅葉さんも、天久町が好きなんですね」

「ああ。この町は、いい町だ。人もあやかしもあたたかい」

「はい。私も、そう思います」

町の人全員が百パーセントいい人だなんて、そんな奇跡あるわけないって思っているけれど、それでも信じたくなってしまうのは、私がもう、この町を大好きになっているからだ。

「それと、なつめ。お前を急かすわけではないが……」

意地悪を言うときすら迷いない紅葉さんが、珍しく言いにくそうにしている。

「はい、なんでしょう」

私はちょっと嫌な予感がして、無意識に姿勢を正した。

「河童のリーダーは厳しいと聞く。カガミはキュウリ嫌いを克服しないと、河童の世界で村八分になる可能性がある」

紅葉さんのセリフに動揺して、私は一瞬、言葉を失った。

「えっ。だって、キュウリも食べられない上に河童の群れからも見捨てられたら、カガミは……」

「生きていけなくなるかもな」

「そんな……」

うつむいた私の肩を、紅葉さんがぽんと叩く。

「気負う必要はないが、そのことだけは頭の片隅に置いておいてくれ」

「わかりました……」

それだけ言うと、紅葉さんはそのまま帰っていった。

この状態でひとりにされたことはうらめしいけれど、紅葉さんは必要のないことは言わない人だ。さっきのことも、私が知らないままでいたら、手遅れになったときに自分を責めるかもしれない。そう思って、今話してくれたのだと思う。

「困ったな……。急がなきゃ」

紅葉さんを信用している自分を意外に思いながら、私はカガミに出すキュウリ料理を考え始めた。

＊　＊　＊

その後、あやかし用の営業日を使って、カガミのキュウリ克服プログラムが始まった。

千切りのキュウリは、ＯＫ。ためしに棒々鶏《バンバンジー》を出してみても食べられた。もう少し大きめに切ったらどうだろうと思い、ぬか漬けを出してみたら、これもＯＫ。

ぬか漬けでいけるなら……と、キュウリの一本漬けを出してみたら、これはキュウリそのものを出したときのように怯えてしまった。

しかしそのあと、一本漬けを切って出したら、食べられた。

この時点で私はピンとくる。カガミはキュウリの味ではなく、形が怖いのではないか。

一本丸のままはダメで、それを切ったものは大丈夫だなんて、そうとしか思えない。

でも、キュウリの形がダメになるような出来事なんて、なにがあったんだろう……。

「カガミ」

一本漬けを切ったものを食べているカガミを、私は問いただすことに決めた。本当はこんなふうにたずねたくなかったけれど、紅葉さんの言葉が引っかかっていたのだ。

「カガミがキュウリを食べられないのって……。味じゃなくて、キュウリの形が原因なんじゃない？」

神妙に切り出すと、さっとカガミの表情が変わって小刻みに震えだした。

「ご、ごめん。無理に話さなくてもいいから……」

あわてて、カウンター越しにカガミに手を伸ばすと、「いや、話す」と言ってカガミは大きく深呼吸した。

「なつめには……世話になっているし、キュウリを食べられているおかげで、オイラ、あれから一度も倒れていないんだ」

何度も息継ぎしながら、必死で声を絞り出すカガミ。

そんなに無理しなくてもいいと言ってあげたいけれど、カガミのためを思うなら、早く解決しなきゃいけないんだ。

空になっていたグラスに麦茶を注いであげると、それを飲んで呼吸を整えてから、カガミは話し始めた。

「オイラ……。猫の後ろにキュウリを置くと、ヘビと勘違いして飛び上がる、って話を聞いたんだ」

そうして始まったカガミの話は、意外なところが出だしだった。

「うん。私も動画で見たことあるよ」

そっと猫の後ろにキュウリを置くと、振り向いたときに猫が驚いて飛び上がる、という動画だった。ヘビと見間違えるから、という理由だけど、人間も猫も本能的にヘビには恐怖感を覚えるらしい。

「ためしに猫又にやってみたら本当に驚いて、それがおもしろくて……。それでオイラ、思っちゃったんだ。人間でも同じなのかなって……」

「えっ」

まさかその猫又ってソウセキじゃ……と思ったのだが口には出さなかった。

「普段は人間にいたずらしようなんて考えないのに、そのときだけ魔が差したみたいになって……。それでオイラ……」

そこから、カガミの声がだんだんしぼんでいく。

励ましながら話を引き出して、なんとかわかった話の顚末は、こうだった。

カガミに魔が差したときに、ちょうど川で遊んでいた子どもたちがいた。そのうちのひとりの男の子が川岸に近づいたのを見計らって、カガミはバレないように近くにキュウリを置いた。

その男の子はたまたまヘビが苦手だったようで、『ぎゃあ!』と叫んだあとすべって川の中に倒れ、大人たちに救出されたあと、救急車で運ばれていった――。

「痛い痛いって、足を押さえて泣いていたんだ。きっと、骨が折れたんだと思う……。それをこっそり見てて、オイラ、とんでもないことをしてしまったって……」

黒目がちなカガミの瞳に、じわっと涙がにじむ。

「もし、あの子が歩けなくなっていたら、オイラのせいだ……」

「カガミ……」

そうだったのか。キュウリを使ってだれかを傷つけてしまった。キュウリを見ると、男の子の苦しんでいる泣き顔を思い出して、自分のしたことが怖くなる。

ただのいたずらで、怪我をさせるつもりなんてなかったのだろう。カガミが優しい子だというのは、よくわかってる。ただ本当に、タイミングが悪かった。

私も子どものころは、友達を驚かせることなんて、気軽にやっていた。テレビで見た怖い話を大げさに語ってみたり、こっそり近づいて後ろから『わっ』と声をかけたり。それで友達が怪我をするだなんて、まったく考えていなかった。カガミも同じなんだろう。加害者は確かにカガミなんだけど、痛い思いをしたその男の子も、それがトラウマになって苦しんでいるカガミも、私にはどっちもかわいそうに思える。

ふといいアイディアを思いついた私は、「そうだ」と手を打つ。

「カガミ。気になるなら一緒にお見舞いに行ってみよう」

幸い、このあたりで入院できる病院と言ったらひとつしかない。川で怪我をした男の子のお見舞いで、と話せば部屋番号も教えてもらえると思う。事故を近くで見ていた近隣住民だ、とでも言えばあやしまれないだろう。病院の人にはカガミが見えないわけだし。

「え、でも……」

「その子の怪我の様子も気になるし……。その子にカガミは見えなくても、直接謝ればカガミの気持ちもちょっとは楽になるんじゃないかな」

「うん……。オイラ、謝りたい」

「それだったら、こうしたらどうかな。お見舞いに……」

姿も見えない、声も聞こえない男の子にどうやったら気持ちが伝わるのか。ひとしきり相談した私たちは次の日、お店をお休みにして病院に向かった。

「よかったね。看護師さんに、あやしまれずに病室教えてもらえて」

お見舞いの花束を抱えた私がナースステーションに声をかけると、『知り合いでもないのにそこまで心配してくれるなんて』と逆に感激されてしまった。外科も内科も分かれていない小さな総合病院なので、入院病棟もナースステーションもひとつだ。

「うん……」

カガミは、初めて入る病院におっかなびっくりだ。

「床も空気もひんやりしてる。なんか薄暗いし、人間はこんなところで病気や怪我を治すのか……？　オイラだったらなかなか眠れなそうだ」

あやかしでも病院の雰囲気は怖いのか、とちょっと驚く。暗くてじめじめしたところに住むあやかしならまた違うのかな。

「そうだね。私も昔は、病院がもっと明るい雰囲気ならいいのにって思ってたよ」

病院の壁やインテリアが真っ白で無機質なのは、患者さんに余計な刺激を与えないため、って聞いたことがある。『寂しくて怖い雰囲気』というのは、私たちが元気な立場だから感じられることなんだ。

「えっと、広瀬《ひろせ》蓮《れん》くん……。この病室かな」

個室のネームプレートを確認して、ノックをする。すると、「はーい」という元気な男の子の声が聞こえてきた。

「こんにちは、お邪魔します」

私たちが病室に入っていくと、ベッドの上でゲーム機で遊んでいたらしい蓮くんが、驚いた顔でこちらを見ていた。くりくりした瞳ときりっとした眉毛が利発そうな、十歳くらいの男の子だ。短い髪や日焼けした肌から、活発な子なんだなとわかる。

その左足にはぐるぐると分厚いギプスが巻かれ、固定するため牽引されている。

「えっ。看護師さんじゃない……。だ、だれ？」

そりゃあ、全然知らない大人がお見舞いに来たら驚くよなあと申し訳ない気持ちになりつつ、自己紹介をする。

「驚かせてごめんね。私、天久町で食堂を開いている、箸本なつめって言います。えっと、実は蓮くんが怪我をしたとき近くで見ていて……。心配だからお見舞いに来たの」

「ええっ、そうなの？　あのときいっぱい大人が来てたから、よく覚えてないや」

蓮くんはゲーム機を横に置き、ちょっと照れくさそうに頭をかいた。

「家族と友達以外が来ると思わなかったからびっくりした。今お母さんいないんだけど、いいの？」

「うん、すぐにお暇《いとま》するから大丈夫。蓮くんの怪我の具合はどうかな？」

私は、蓮くんの足に巻かれている痛々しいギプスに目をやりながらたずねた。

「うん、ギプスはしばらく必要だけど、退院はもうすぐできるって」

「そっか、よかった……」

私の横に立っているカガミも、ホッと胸をなで下ろしていた。

「私、蓮くんに渡すものがあるんだ、まずはこれ」

花屋さんで作ってもらったひまわりのブーケを渡す。男の子が好きそうな感じにしてほしい、と言ったら、クマのマスコットを一緒に挿してくれた。

「わあ、ありがとう！」

予想通り、蓮くんはクマを見て目を輝かせている。

「あとね、これは私からじゃなくて、私の友達から預かったものなんだけど……」

そう告げて、古びた外国のコインを渡す。

「えっ、なにこれ。かっこいい」

実はこのコインはカガミからのものだ。『なにかお詫びがしたい』と言うカガミに、『カガミの持っている大切なものをひとつ、渡したらどうかな』と勧めたのだ。コインは川の底で拾って、ずっと持っていた宝物らしい。

「その子の宝物だったんだけど、どうしても蓮くんに渡したいって」

「えっ、どうして？」

「実はね、蓮くんの怪我のきっかけになったキュウリ、その子が落としたものだったんだ」

隣でカガミが身を硬くするのがわかった。

「えっ……。そうなの？」

「うん。びっくりしちゃってそのときは出ていけなかったんだって。でもずっと謝りたいって反省してて……。それで私が代わりに来たの。蓮くんは、その子を怒るかな」

カガミはうつむきながら、「蓮くん、ごめんな。ごめんな」と繰り返しつぶやいている。

「……ううん。危ないところで遊んでいたことがダメだったって、お父さんにも言われたから。キュウリにびっくりしなくても、いつか怪我してたかもしれないって。だから、怒らないよ」

その言葉を聞いたカガミは、顔を上げて蓮くんを見つめている。

「痛い思いさせてごめんな、蓮くん。オイラのこと許してくれて、ありがとう……」

か細い声が病室に響いたあと、カガミの涙が床にぽとりと落ちた。

「……蓮くんは優しいんだね」

「そ、そんなことないし。普通だし」

年頃の男の子らしく、褒め言葉には顔を真っ赤にして照れ隠しをする。そんなところもほほえましく感じてしまった。

「もうすぐ退院ってことは、夏休みに入る前に学校に行けるのかな」

「うん、たぶん」

「じゃあ、またお友達と遊べるね」

友達と遊ぶのが大好きな子みたいだから、きっと退院が待ち遠しいだろうな、と思ったのだが、蓮くんは顔色を曇らせた。

「う、うん……。でも、あんまり会いたくないいんだ」

「えっ、どうして？」

驚いてたずねると、蓮くんは私を試すように見上げる。

「……お姉ちゃん、このことだれにも言わない？」

「うん、もちろん」

「あのね……」

蓮くんはかがんだ私の耳に顔を近づけて、ひそひそ声で話してくれた。

川で遊んでいたメンバーの中に、好きな女の子がいたこと。その子にいいところを見せたくて、『入っちゃダメ』と言われている川に入ったこと。キュウリにびっくりして体勢を崩したときに、川底の石に足がすべって転んだこと……。

「おれ、キュウリなんかにびっくりして声あげちゃって、すごくかっこ悪かった。その後も、痛くて泣いちゃったし……。きっとその子、おれのことダサいって嫌いになったよ。だから、みんなに会いたくない」

「蓮くん……」

これを私に話すことだって、きっと勇気を振り絞ってくれたんだと思うと、その頭をなでたくなった。きっと、こんな本音は家族にも友達にも打ち明けていないのだろう。

初対面で、学校となんの関係もない私だから、話せたんだ。

なでる代わりに、私は自分の秘密も蓮くんに打ち明けることにした。

「あのね、お姉ちゃんは大人だけど、まだ怖いものがいっぱいあるよ」

最近まで、自分の職場だって怖かったんだ。大人になったら怖いものが減ると思っていたのに、むしろ怖いものは増える一方だ。注射だっていまだに怖い。ただ、我慢するのがうまくなっただけなんだ。

「ええっ、そうなの？」

蓮くんは、驚きの声をあげると、目を丸くする。

「うん。みんな言わないだけで、だれだって怖いものがあるんだよ。蓮くんの好きな子にも、学校の先生にだってある。だから怖いものがあることは悪いことじゃないんだよ」

「……そうなんだ」

「だからね、ヘビが苦手ってだけで、その子が蓮くんを嫌いになったりしないと思う」

むしろ、『怖いものなんてひとつもない』と自信満々に話す人がいたら、私はそちらのほうが怖い。蓮くんの好きな女の子や友達だって、怪我を心配していても、怪我したことをバカになんてしていないはず。

「でもおれ、悔しかったんだ。その子の前でかっこ悪いところ見せたの」

頬を染めて、本当に悔しそうな声色で蓮くんがつぶやく。

うーん、その気持ちもなんとなくわかる。好きな人には余計、自分が失敗するところを見せたくない気持ち。でも、失敗するところを見せたなら、挽回すればいいだけなんじゃないだろうか。

「じゃあ、蓮くんが退院したら、特訓しようか。ヘビが怖くなくなるように」

「そんなことできるの⁉」

「うん。私も子どものころ、犬が苦手だったんだけど……。いろいろ工夫して、苦手を克服したんだ」

昔、友達の家の犬に追いかけられてから、犬が苦手になってしまったことがある。でも、犬のぬいぐるみをかわいがってみたり、犬の映画を見たり、小さい犬から慣らしていったりしたら、いつの間にか大きい犬もなでられるようになった。

「私もヘビはあんまり好きじゃないから、一緒にがんばろうか。ヘビが好きで飼っている人もいるんだから、きっとかわいいところもあると思うんだ」

こちらは、ヘビが苦手なことに原因があるわけではない。ただ、なんとなく恐怖感を覚えてしまうだけだ。

でも、ヘビだってむやみに人を襲うわけじゃない。毒のあるものは別にして、見た目だけで嫌われてしまうのはかわいそうだとも思う。ヘビの気持ちはわからないけれど、ヘビだって、驚かれるよりは『かわいいね』って声をかけてもらったほうがうれしいはず。たぶん。

「えっ、ヘビを飼ってるの？　そんな人いるんだ、へえ……」

爬虫類好きの人種がいることを知らなかった蓮くんは、「すごい」と感心していた。

退院したら、来られるときにほたる亭においで、と約束して病室を出る。

「カガミ、よかったね」

「……うん。オイラ蓮くんのこと、応援する。そしてオイラも、キュウリを丸ごと食べられるようになる」

病院の廊下で、カガミはぐっと握りこぶしを作った。

「うん。みんなでがんばろう」

カガミのお皿が、いつもよりぴかぴか光っている。

ひとりだったら怖いことでも、だれかと一緒ならがんばれたりするよね。蓮くんは小学生だけど、なんだか新しい友達が増えた気がしてうれしくて、私もカガミも、帰りは病院のひんやりした寂しさを感じなかった。

＊＊＊

小学校が夏休みに入ってすぐ、蓮くんはお母さんに連れられてほたる亭に遊びにきた。ギプスを巻いて松葉杖をついてはいるが、病院にいるときよりも生き生きした表情だ。お母さんにはあのあとお見舞いのお礼の電話をいただいていたので、お互い頭を下げる。

「この子がどうしても遊びにいくってきかなくて……。本当にいいのでしょうか。お仕事中なのに……」

「いえ、月・水・金はお休みにしているんです。なので、気にしないでください。帰る時間になったら、責任を持って送り届けますので」

お休み、と言ったのにカウンター席で冷たい緑茶を飲んでいる紅葉さんを、蓮くんのお母さんは怪訝な目で見つめる。けれどそれを言葉にすることはなく、「では、お願いします」と再び頭を下げてお母さんは帰っていった。

「紅葉さん……。だから今日はダメだって言ったのに。蓮くんだってびっくりしてるじゃないですか」

今日は蓮くんが来るから貸し切りです、と止めたのに、この人は無理やり押し入って、傍若無人に注文までしたのだ。

「びっくり？　見惚れている、の間違いじゃないのか？」

「いや、そんなはずは……、え？」

私の横にいる蓮くんを見ると、確かに目は丸くしているのだが、その瞳はきらきらと輝いていた。

「うおー、着物だ。かっこいいー！　お兄さん、刀とか持ってる？」

座っている紅葉さんに近づき、まるでヒーローを見るような目で話しかけている。

「刀はないな。扇子ならあるが」

紅葉さんが片手だけで扇子を開くと、また「うおー！」と興奮した声があがった。

そういえば最近、キャラクターが着物を着たアニメがはやっていたっけ。紅葉さんが子どもにウケがいいなんて意外だった。

「蓮くん、ジュースがいいかな？　それともアイスティーとかのほうがいい？」

「あ、ジュースがいい！」

人懐っこい様子で紅葉さんの隣に座った蓮くんに声をかけると、元気な返事が返ってきた。

「じゃあ、さっそく特訓を開始しようか。まず、蓮くんはこれ」

私と蓮くんのぶんの飲み物を運んだあと、私もカウンター席に座ると、蓮くんにヘビのぬいぐるみを渡した。

「うおっ、びっくりした。なんだこれ、ぬいぐるみか」

「おもちゃ屋さんで見つけて買っちゃったの。なんかちょっとかわいいでしょ」

緑色のふわふわしたヘビは、口をぱっくり開けてはいるものの表情がユーモラスだ。

「まあ……かわいいのかな？　なんか恐竜っぽいし」

「で、ぬいぐるみを触りながら動画を見よう。ヘビを飼ってる人の動画、チェックしておいたから」

「う、うん」

家から持ってきたノートパソコンをふたりで覗き込み、プレイリストを流していく。最初は「うわあ」と叫んだり目を細めたりしていた蓮くんだが、飼い主さんに懐いている様子や、眠ったり、声かけに反応しているところを見ているうちに、様子が変わってきた。

「なんか、人に懐くし、普通のペットと変わらないんだね。もっと怖いと思ってた」

「うんうん。野生のヘビって突然見かけるイメージがあるからびっくりしちゃうけど、攻撃的な性格っていうわけじゃないんだね」

「特に真っ白のやつは模様がないし、あんまり怖くない」

「ホワイトスネーク、キレイだよね。私もいちばん好きかも」

ふたりでわいわいと盛り上がっていると、今まで動画には興味を示さなかった紅葉さんが急に口を出してきた。

「白ヘビは神の使いと言うからな。大事に扱ったほうがいい」

「へえ、神さまの……」

「ヘビだけではなく、ほかの動物も神聖なものはみな白い」

「そういえば、因幡《いなば》の白ウサギもそうですし、稲荷《いなり》神社のお狐さまも白いですもんね」

そんな話をしつつ、途中でデザートを食べたり、ヘビのキャラクターが出てくるアニメを見たりした。

「だんだん、怖いっていうかかっこいいイメージになってきた。もう大丈夫かも」

夕方になって帰る時間が来るころには、蓮くんはすっかり自信がついていい顔になっていた。

「よかった！　じゃあ、好きな女の子ともまた遊べそう？」

「うん！　もう、ちゃんと守れるから、誘えるよ！」

こんな小さな男の子がナイトみたいなことを言うものだから、私は猛烈に感動してしまった。私も自分の人生で、こんなことを言われてみたかった。

「なんだ、うらやましいのか。そんな顔をしている」

頭の中でそんなことを考えていたので、紅葉さんにツッコまれてあわてふためいてしまう。

「そ、そんなことないです！」

「機会があったら言ってやろう」

「い、いりません！　大丈夫ですから！」

くっくっとおかしそうに笑う紅葉さんと、「なにがうらやましいの？」と心底不思議そうに首をかしげる蓮くんの間で、私の顔はどんどん熱さを増していった。

＊　＊　＊

そして、日曜日。今日は蓮くんが好きな女の子と公園で遊ぶ日だ。私はこっそり様子をうかがうために、カガミを誘ってアイドルタイムに店を出た。蓮くんの恋路を心配したカガミが、どうしてもと頼んできたのだ。

「いい？　カガミ。私たちがこっそり覗き見しているなんてバレたら、きっと蓮くんは怒るだろうから、絶対に見つからないようにね」

「なつめ……。オイラは人間からは見えないんだぞ。気をつけるならお前なんじゃないのか？」

私はハッと口を押さえる。そうだった。あやかしがいることが日常すぎて、たまに頭から抜けてしまう。

ひとりでこそこそと公園を覗いている女。だれかに見つかったら絶対に不審者だと思われる。

「蓮くんだけじゃなくて、だれからも見つからないようにしないと……」

私とカガミは、公園の低木の陰に身をひそめるようにした。ここからなら公園入口も遠いし、人に見つかることはないはず。

ドキドキしながらしばらく待つと、かわいらしい女の子と連れだって、蓮くんが公園に入ってくるのが見えた。

「あっ、来た」

女の子は、松葉杖をついた蓮くんを気遣い、歩調を合わせながら寄り添っている。

楽しげに会話しながら、ふたりはベンチに向かう。公園で遊ぶことよりも、おしゃべりすることに夢中になっているふたりの様子を見て、ほほえましい気持ちになった。

「大丈夫そうだね。帰ろうか、カガミ」

「うん。オイラも安心した」

かがんでいた腰を上げようとした、そのときだった。「きゃあ！」という女の子の悲鳴が私たちまで届いた。

「えっ、なにごと？」

「なつめ、大変だ！　ヘビが……！」

私より目のいいカガミが伝えてくれる。

「嘘、なんで？」

水辺でも山でもない、こんな開けた公園にもヘビは出るものなのだろうか。

私は蓮くんにバレることなんておかまいなしに、ふたりのもとに走っていた。

近づくと、ヘビの様子もよく見ることができた。瞳の赤い白ヘビが鎌首をもたげ、シャーッと威嚇しながら蓮くんたちに迫っているのだ。

女の子は恐怖のためか、動けなくなっている。無理もない、大人の私でもこんな攻撃的なヘビを見るのは初めてで、手足が震えているのだから。

蓮くんは私には気づかず、周囲を見回すと、小石を手に取った。

「こっちに来るな！」

ヘビには当たらないように、石を投げておどかす蓮くん。そして、片方の松葉杖を刀いく。

のように構えると、

「白いヘビは、神さまの使いなんだろ！　早くもとの場所に帰れよ！」

真剣な表情で、そう叫んだ。

口を開けて牙を見せていたヘビは急におとなしくなり、するすると音もなく去っていく。

「か、勝った……？」

「れ、蓮くん。ありがとう」

呆然としている蓮くんと、涙目で蓮くんの腕にしがみついている女の子。私の目には蓮くんが、立派なナイトに見えた。

「……あれ？　お姉ちゃん、なんでここにいるの？」

やっとこちらに気づいた蓮くんに問われ、冷や汗をかきながら言い訳をする。

「えっと、散歩してたらたまたま……。わ、私のことは気にしないで遊んで！　じゃあ、またね！」

「う、うん」

蓮くんは怪訝な顔をしながらも、私の言い訳を信じてくれたみたいだ。女の子は私にぺこりと頭を下げ、蓮くんは手を振って、ベンチに戻っていった。

ホッと胸をなで下ろし、今度こそ帰ろうとカガミと公園入口に向かう。

「なつめ。オイラ、蓮くんに勇気をもらったぞ」

「そうだね、私もだよ。……あ」

そのとき私は、大きな木のそばに立って静かにこちらを見ている人影に気づいた。風になびいて広がる長くて白い髪、裾の広がった白い着物を着た、冷たい雰囲気の男の人。この距離では見えないはずなのに、その人の目が赤く光った……気がした。

「どうしたんだ？」

「えぇと、今そこに着物姿の人が……。あれ、おかしいな」

男の人は、私がカガミに目をやった一瞬の間にいなくなっていた。

「あやかし、だったのかな」

「人型のあやかしか？　オイラ、この町では蛍以外見たことないぞ」

「そうなんだ……、見間違えかな？　でも、はっきり見たんだけどな」

なぜ、なにも危害を加えていないヘビが威嚇してきたのか。そして存在しないはずの着物姿のあやかし。私は心にふたつの引っかかりを残したまま、公園をあとにした。

＊　＊　＊

蓮くんに『勇気をもらった』と語っていたカガミが、河童の集会でキュウリを食べることにしたという報告を聞いた。河童の仲間たちが見ている前で、である。

「心配なんですけど、河童の集会は川の中でおこなわれるみたいなので、こっそり見守ることはできないですね……」

その報告を聞いたあと、店にやってきた紅葉さんに愚痴をこぼす。

「河童の集会に行きたいのか？」

「はい。でも、河川敷ならまだしも、川の中までは行けないですし、仕方ないですよね」

「ふむ……」

紅葉さんは腕を組んで、考えるそぶりをした。

「川の中に入る方法なら、なんとかなるかもしれん」

「え、本当ですか？」

さりげなくこぼされたセリフに、私は食いつく。

「知り合いのあやかしを当たってみよう。そういうことに詳しいやつがいたはずだ」

あやかしが見えるだけの人間なのに、あやかしの知り合いがいるってすごいなあ、と思いながら私はほうっと感嘆の息をつく。

「紅葉さんの人脈はすごいですね。それなら、お願いしてもいいですか？」

「ああ。私に任せておけ」

紅葉さんの含み笑いが少し気になったが、最近助けられてばかりだったので油断していた。紅葉さんが食えない人物だということを、このときもっと考えていればよかったのに。


そして今日、河童の集会当日の夕方。私は紅葉さんと河川敷で待ち合わせをしている。この前カガミが流れてきた小川ではなく、きちんとしたコンクリートの橋がかかっている大きな川だ。

「紅葉さん！　お待たせしました」

先に来ていた紅葉さんに、息を切らせながら駆け寄る。

「ああ、来たか。では、これを」

紅葉さんは、私に不思議な文字が書かれたお札を見せてきた。

「なんですか、これ」

「とある筋から手に入れたお札だ。これを使えば人間でも、川の中で呼吸ができる」

「ええっ、すごい！　あ、でも私、水着とか持ってきてないです」

「その服のままで大丈夫だ。では、使うぞ」

「あ、ありがとうございます。よろしくお願いします」

紅葉さんがお札を私にペタッと貼ると、もくもくと煙が出て、なぜか私の視界がどんどんと低くなっていく。なんだか、背が縮んでいるような……？

「終わったぞ」

紅葉さんの言葉と共に煙が晴れる。自分の手足を見下ろすと、なんと緑色に変わっていた。しかも、ぬらぬらテカテカしている。

「な、な、なにこれ！」

あわてて川に走り寄り、水面《みなも》に自分の姿を映してみると――河童になっていた。服は消えていて、お皿も甲羅もしっかりある。

「な、なななななんで!?」

水中で呼吸ができるって、服はそのままでいいって、そういうことだったの？

「札の効果が出たようだな。一時間ほどで切れるらしいから急ぐぞ」

愕然としている私に声をかけた紅葉さんは、着物にしっかりお札がついているのに河童になっていない。涼しげな顔をした美形のままで、なんだかねたましい。

「どうして紅葉さんは人間のままなんですか？」

「お札が不良品だったのだろう。このままでも水の中で息はできるから問題ない」

「で、でも、私だけ……。なんだか恥ずかしいです」

河童はかわいいと思うけれど、自分が河童になるのは別だ。普段服を着ているのに裸だし、緑色だし、紅葉さんにこの姿を見られたくない。

水かきの生えた手で顔を隠すようにしていたら、その手をぐいっと引っ張られた。

「気にすることはない。お前は河童の姿でも愛らしい」

ひざを曲げた紅葉さんが、そう言って口元をゆるめた。

「な、な……！」

「ほら、行くぞ」

河童のひんやりした身体がぼんっ！　と熱くなる。紅葉さんは口をぱくぱく動かしたままの私の手を引いて川にざぶんと飛び込んだ。

「わあ……！」

川の中に入ったとたん、身体がふっと軽くなる。ゴーグルをかけていないのに視界がクリアで、川の中の景色がよく見えた。ちょっと足をバタつかせただけでぐんぐん進むのが楽しい。

「すごい。河童ってこんなに泳ぎが上手なんですね」

しかも、川の中で声まで出せる。紅葉さんは河童になっていないので、手をつないだまま泳いでいるのだが、ちゃんとついてきている。もとから泳ぎは得意なのだろうか。

「河童の集会だが、おそらく川のいちばん深いところだろう。もう少し泳ぐぞ」

たまに魚と遭遇しながら川を進んでいくと、だんだん水の中が暗くなってきた。川が深くなってきた証拠だろう。

「もうそろそろだな……」

「あっ、見えました」

河童の視力で見えるギリギリのところ、私たちの先に、緑色のかたまりが見える。二十四ほどの、河童の集団だった。

「隠れるぞ」

大きな石の陰に、紅葉さんとふたりで身をひそめる。距離が近いけれど、『今自分は河童なんだよなあ……』と思うと冷静でいられた。

ちょうど集会は終盤らしく、円状に並んだ河童たちは「じゃあ、ほかになにも報告がなければお開きで」となごやかな雰囲気になっている。

「ま、待ってくれ！」

そこでカガミが、名乗りをあげる。

「お、オイラ、やっとキュウリが食べられるようになったんだ。みんなの前で証明したくて、今日はキュウリを持ってきた」

カガミが甲羅に手を突っ込んで取りだしたのは、大きなキュウリ。もう自分で持っても、震えていない。私はカガミの成長にすでに感動していた。

「い、今から食べるから、見ていてくれ！」

カガミは宣言したあと、生のままのキュウリを丸かじりする。

「カガミ……！」

私たちが固唾をのんで見守る中、カガミはガツガツガツ……と一本のキュウリを勢いよく食べきった。

「すごい。すごいよ、カガミ……！」

「ああ。よく克服したものだ」

たぶんここが川の中じゃなかったら、私は泣いていただろう。

ほかの河童たちも、「おお……！」と言いながらカガミを取り囲み、その健闘をたたえていた。

そして、黙って見ていたいちばん大きい河童が前に進み出る。目つきも鋭くて、なんだか強そうな河童だった。

「キュウリを食べられたなら、力が戻っただろう。それを証明するために、おれと相撲で勝負しろ」

「に、兄ちゃん……」

戸惑うカガミに、大きな河童はぴしゃりと言う。

「今はリーダーだ」

なんと、河童のリーダーはカガミの兄だったらしい。

「は、はい。リーダー。お手合わせお願いします」

円状に並んだ河童たちが土俵の代わりになって、その真ん中で相撲がおこなわれる。

向かい合ってお辞儀をして、審判役が手を上げたとたんに、河童のリーダーはカガミにすごい勢いで突っ込んだ。

「あっ……!」

一瞬ひやりとしたけれど、カガミは自分よりひとまわり以上大きいその身体をしっかり受け止めていた。

そのまま、ずずず、と後ろに押されるカガミ。力はリーダーのほうが強いようだ。カガミも粘っているけれど、群衆の壁が近づいて逃げ場がなくなっていく。

「がんばれ、カガミ……!」

相撲がこんなに手に汗握るスポーツだと思わなかった。

「うおおおお！」

カガミがお腹の底から叫び声をあげる。驚いたリーダーがバランスを崩したその一瞬、カガミは思いっきりリーダーを放り投げていた。

尻もちをつくリーダー。呆然とそれを見下ろすカガミと、しーんと静かになる河童たち。

「や、やった……？」

一拍おいて、河童の集団がわあっと沸いた。胴上げされるカガミ。水圧に反発するように、何度もふわりと浮き上がる。

歓声が落ち着いたころ、リーダーとカガミが向き合うが、リーダーはなぜかぷるぷる震えていた。

「カガミ……。が、がんばった、な……」

くしゃりとゆがむ、リーダーの顔。半分開けたくちばしから、「ぐふっ……うううっ……」とうめきがもれる。

水の中でもわかる。これは、泣いている。人目もはばからず、男泣きをしている。

「に、兄ちゃん？　どうしたんだ？」

おろおろするカガミの肩を、にやにやした河童たちが叩く。

「リーダーはずっと、弟のお前のことを心配していたんだよ。でも、リーダーだからといって身内にだけ甘くできない、って余計に厳しくして……」

「本当はブラコンなのに、無理していたんだ」

「そ、そうなのか……？」

まだ、涙が止まらないらしいリーダーの手を、カガミが取る。

「兄ちゃん。オイラ、これからもっと強くなるよ。だからリーダーとして、厳しくしてくれよな」

「う……ううっ……。もちろんだ」

兄弟をあたたかい目で見守る河童たち。熱い勝負のあとのほっこりした空気に、私の胸もあたたかくなっていた。

「なつめ。そろそろ川から上がるぞ。お札の効果が切れる」

河童の集会をあとにして、飛び込んだ川辺まで戻る。川から上がるとすぐに、身体からしゅわしゅわと煙が出始めて、私は人間の姿に戻った。紅葉さんの着物も髪もまったく濡れておらず、水に入る前となんら変わりない。

ふと足下を見ると、小石の間に小さな巾着袋が落ちていた。お守りくらいの大きさで、手のひらサイズの小袋。

「あの、紅葉さん。これ、落としました？」

紅葉さんを呼び止めて小袋を渡すと、一瞬だけ紅葉さんの表情が固まった。

「ああ、私のものだな。ありがとう」

そうして、ゆっくりと着物の懐にしまう。小袋を触る手つきが丁寧で、表情もなんだか優しくて、紅葉さんにとって特別な品なのかなと感じた。

「もしかして、大切なものなんですか？」

「そうだ。私の命くらい大事なものだ」

思ったよりもストレートな答えが返ってきて、面食らう。

物に執着しなそうな紅葉さんが大切にしているものって、なんだろう。もしかして、恋人からのプレゼント……とか？

なんで私は、自分で勝手に想像して、勝手に動揺しているんだろう。

「そ、そうなんですか。じゃあ、落とさないように気をつけないといけないですね」

「ああ、そうだな」

土手を上がって、自然とふたりで並んで橋を歩く。夕暮れに照らされて、いつもより紅葉さんの横顔がやわらかく見える。

「紅葉さん。今回はいろいろありがとうございました」

「これくらい手間でもない。河童の相撲も見られたしな」

もじもじと手の指を組みながら、小声で紅葉さんにささやく。

「あ、あの……。さっき紅葉さんが言ってたことって」

「さっき言ってたこと？　なんだ、それは」

紅葉さんはきょとんとした顔で聞き返す。この人、あんなに私の心を乱しておいて、もう自分の言葉を忘れてしまったのか。

「だから、その……。私の河童の姿が」

「河童がなんだって？」

再び聞き返したその顔に意地悪な笑みが浮かんでいて、私はやっと自分がからかわれていたことを知った。

「な、なんでもないです！」

恥ずかしさと怒りでカーッと顔が熱くなる。

もう、紅葉さんになにを言われても、絶対本気になんかしない。

後日、私のもとには、カガミと河童のリーダーから大量のキュウリが届いた。河童たちみんなで作ったキュウリらしい。

今度カガミが来たら、河童たち全員分の漬物を持たせてあげようか。

太陽の光をたくさん浴びて育った、濃い緑色のキュウリ。まっすぐなキュウリもゴツゴツしたキュウリも、全部等しくおいしい。

ザルの中で寄り添った二本のキュウリがカガミとブラコンのお兄さんに見えて、私はふふっと笑みをこぼした。

# 四品目

# 狐とタヌキとウサギの三つ巴うどん

お店を休みにした日、私は自転車で、町の中心部にある商店街に向かっていた。和菓子と、お肉屋さんのコロッケを買うためだ。車を止められる駐車場が少ないし、道路自体も細いため、小回りのきく自転車のほうがここでは便利だ。

公民館や図書館もあって便利な商店街だが、過疎化の波には逆らえず、やはり昔よりは活気がない。看板を下ろし、閉めてしまった店も少なくないのだ。

この商店街は、夏祭りの会場にもなっている。まず初日、お山の上にある神社からご神体を下ろし、分社である商店街の中にある小さな神社におさめる。最終日は逆で、今度はご神体をお山に帰すのだ。それに合わせて、見所である天狗行列も二回おこなわれることになっている。

「せっかくだから、神社にお参りしていこうかな」

買い物が終わってからふと思い立ち、近くにある分社に足を伸ばす。昔はよく、夏祭りのついでにお参りをしていた。最後に来てから何年ぶりだろう……。

店と店の間に、急にぽっかりと現れる石の鳥居。お祭りのときも、いつもここだけ空気が静かだった。縦長の敷地の、奥まったところにあるお社。地面にまかれた白い砂。この、砂に靴が沈み込む感じが私は好きだった。浴衣に下駄をはいているときだと、指の間に砂が入ってしまうけれど、それもまたお祭りだけの特別な感じがした。

変わらない静謐《せいひつ》な空気をかみしめながら鳥居をくぐると、お社の前で大きな毛玉が動いているのが見えた。

「えっ、なに……!?」

いや、毛玉ではない。三匹の動物が、もつれ合いながら動いているのだ。

「ちょ、ちょっと！　ケンカはやめなよ！」

思わず、止めに入る私。この状況ですぐに動けるなんて、珍妙な出来事に慣れすぎた証拠だ。

私の声に、毛玉がぴたりと止まる。そのおかげで、動物たちの姿がやっと見えた。

赤い前掛けをつけた、白い狐。翡翠《ひすい》のような勾玉《まがたま》のネックレスをつけた白ウサギ。ぶんぶく茶釜のような鉄製の釜を背負ったタヌキ。その三匹が、前足を相手にかけたままの体勢で、こちらを見ている。装飾物からわかるように、ただの動物ではなくあやかしなのだろう。

「あんた、だれよ！」

ほかの二匹を蹴り倒しながら前に進み出た白ウサギが、おてんばな口調で問いかける。

「えっと、ほたる亭の箸本なつめなんだけど……。こんなところでケンカすると参拝客の迷惑になるからやめたほうがいいよ」

「ぐっ……。あんたが噂の、皐月の孫なのね」

まだ食堂で会っていないあやかしにも話が伝わっているらしく、ウサギは攻撃的な態度をややゆるめてくれた。

「じょ、常識的な意見なんだな」

おっとりした声で、のんびりした話し方なのはタヌキ。

「この娘が正しい。一時休戦といこうではないか」

そして、ちょっと偉そうなおじいちゃん口調で、狐が続いた。

「むうぅ……。仕方ないわね」

いちばん小柄なのにいちばん血気盛んなウサギが、前足で長い耳をいじりながらしぶしぶうなずく。

「あの……。なにが原因でケンカしていたのか、聞いてもいい？」

「うどんよ、うどん！」

「えっ、うどん？」

私はきょとんとして聞き返す。

「あたしは月兎《げっと》だからお餅にこだわりがあるのよ。だから力うどんしか認めないの」

「オイラは、たぬきうどんなんだな」

「わしはもちろん、きつねうどんじゃ。三匹が三匹とも譲らないから、会うと毎回ケンカになってしまうのじゃ」

月兎、というのはきっとあやかしの種族だろう。タヌキはたぶん化けダヌキで、狐は稲荷神社のお狐さまかな。

うどんの好みでケンカするなんて、全員がうどん過激派なのか。私はうどんの好みは特になく、なんでもおいしく食べられるため、『いちばん好きなのはこれだけど、それもおいしいね』でいいじゃないかと思うのだけど。

「へえ……。でも、毎回ケンカするのに三匹で集まるなんて、仲がいいんだね」

ケンカするほど仲がいいとか、そういう感じなのかなと思って感想を伝えると、ウサギが「な、な、なに言ってるの！」と怒った口調であわてふためいた。

「そ、そ、そんなんじゃないわよ！」

ツンデレの捨てゼリフのようなものを吐いて、ぴょんぴょんと去っていくウサギ。

「あっ、白雪《しらゆき》、待つんだな」

「まったく、手間かけさせよって……」

残りの二匹も、まんざらでもなさそうにそれを追っていった。

「おかしなトリオだったなあ……」

また会えたらおもしろいのにな、とのんきに構えていたこのときの私は、まさか自分が三つ巴のうどん戦争に巻き込まれるとは思っていなかった——。


次の日。お店を開店させたら、いちばんに来店したのが昨日のウサギとタヌキだった。

「あ、いらっしゃい。昨日はどうも。白雪……でいいのかな？」

「な、なんであたしの名前知ってるのよ！」

ぴょんぴょんとお店の中に入ってきて、カウンター席の椅子にどっかり座った白雪がわめいた。

「なんでって、昨日そのタヌキがそう呼んでたし。あなたのお名前は？」

そう言ってタヌキに目線をやると、うれしそうに白雪の隣の椅子に腰掛けた。

「オイラは茶々丸《ちゃちゃまる》なんだな。昨日の狐のじいさんは琥珀《こはく》というんだな」

「白雪、茶々丸、そして琥珀ね。今日は琥珀はいないの？」

「きょ、今日は、二匹なんだな」

「三匹一緒じゃないときもあるんだね」

何気なくそう返すと、またしても白雪は妙にあわてている。

「ま、毎回一緒にいるわけじゃないし！　あんな偏屈じじい！」

「そんなにムキにならなくても……」

偏屈じじい、なんて裏で言われているのを知ったら、琥珀は泣くのではないか。あのタイプのおじいちゃんは、意外と情に厚くて涙もろいのだ。人間では、だけど。

「ふたりとも、なにか食べる？」

カウンター越しにメニューを差し出すと、ふたりは熱心に、甘味メニューの欄を眺める。

あんなにうどんのことでケンカをしていたのに、今食べるのは甘いものなんだな……と考えていると、ふたりから声がかかった。

「……あたし、白玉ぜんざい」

「お、オイラは宇治金時のかき氷にするんだな」

「了解。ちょっと待っててね」

ぜんざい用の白玉団子をゆでながら、ふと気づく。どうして白雪は、お汁粉ではなく白玉ぜんざいを頼んだの？

うちには白玉ぜんざいのほかに、お餅の入っているお汁粉もある。お餅にこだわりのある白雪なら当然、お汁粉を選ぶはずだ。

たまたま、白玉団子が食べたい気分だったのか。いや、昨日の今日でここに来た意味を考えると、そんな答えではないはず。

「白雪。昨日、月兎だからお餅にこだわりがあるって言ってたよね？」

ふたりに注文の品を出してから、ぜんざいを食べている白雪に問いかける。茶々丸はその隣で、こんもりと盛られたかき氷に楽しそうにスプーンを入れていた。

「……言ったわよ」

「じゃあなんで、お汁粉じゃなくて、白玉ぜんざいを頼んだの？」

白雪は答えず、赤い瞳で私をじっと見ている。

「本当は、力うどんにこだわりなんてないんじゃないの？　……茶々丸も」

そう。これが今日、白雪を見ていて出した答え。

たぬきうどんにまったく関係ない宇治金時を頼んだ茶々丸も、昨日は白雪に合わせて演技をしていたのではないか。

「す、すごいんだな！　なつめ、どうしてわかったんだな？」

白雪が答える前に、茶々丸が興奮した様子でぴょんと飛び上がった。

「ねえ、なんでそんな嘘をついてまでケンカしてるの？　もしかして、琥珀に関係があるの？」

「……そうよ。今日は本当は、あんたに助けてほしくてここに来たの」

「私に……？」

うんうんと、茶々丸が首を振る。

「白雪は素直じゃないから、なつめがオイラたちの嘘に気づいたら相談する、って言ってたんだな」

「ちょっと、余計なこと言わないでよ！」

白雪がカッとなって、茶々丸につかみかかる。ツンデレな白雪とおっとりした茶々丸は、意外といいコンビなのかも。

「そうだったんだね。わざわざ白玉ぜんざいを注文したのは、私を試すため？」

「白玉ぜんざいが好物なのは本当よ。そんなところからバレると思ってなかったけど」

私はとりあえず、ふたりが甘味を食べ終えてから話を聞くことにした。

ぜんざいとかき氷をそれぞれが完食してから、麦茶を注ぐ。お腹がいっぱいになって落ち着いたのか、先ほどまでぴんと張り詰めていた白雪の耳が垂れている。

「じゃあそろそろ、話を聞かせてもらっていいかな」

カウンターの中で姿勢を改めると、二匹も顔を見合わせてうなずいた。

「そうね……。まずは琥珀について説明したほうがいいわね。琥珀はね、隣の市の稲荷神社のお狐さまなのよ」

「あの大きい稲荷神社？　そこの神さまなんだ……」

隣の市の稲荷神社は、日本三大稲荷に数えられる大きな神社だ。初詣の時期ともなると渋滞ができるほどで、私も親に何度か連れていってもらったことがある。

「狐は神さまじゃなくて、神さまの使いだけどね」

神聖な動物は白い、と言っていた紅葉さんの言葉を思い出す。確かに、稲荷神社のお狐さまはきつね色ではなく白色だ。

「琥珀は昔、人間に恋をしたことがあって……。もう、数十年前のことなんだけど。ふたりの間になにがあったのかは知らないけれど、それから琥珀はきつねうどんにこだわるようになっちゃったのよ」

白雪はふうっとため息をついているけれど、私はうどんとは別の部分で目を丸くしてしまった。

「ええっ、お狐さまが人間に恋!?　そんなこともあるの？」

「めったにないと思うわよ。普通こっちから人間は見えていても、人間からあたしたちは見えていないんだし」

「そっか、そうだよね……」

会話もできないのでは、気持ちを伝えることさえできない。私は琥珀の恋がどう終わったのか、想像できてしまった。

「それで……、琥珀の恋は、うまくいかなかったんだね？」

「そうだと思う。うまくいってたら、今あんな偏屈じじいになってないし」

まあ、初恋も、叶わなかったほうが忘れられないというし。あやかしも神さまも、人間とそんなに変わらないということがわかってきたので、お狐さまが失恋を引きずるのもわからない話ではない。

「でも、少なくとも、琥珀にとってはもう終わった恋なわけじゃない？　なのにずっと忘れられなくてうじうじしているから、会うたびにイライラしてケンカしちゃって……。そうしたらいつの間にか、あたしたちまでうどんにこだわりがあると思われちゃって」

うどんの好みでケンカをするなんておかしい、と思っていたけれど、そういう理由だったのか。

「オイラたちは、琥珀に付き合ってただけなんだな。オイラ、うまいものだったらなんでも好きなんだな。もちろん、うどんもそうなんだな」

ほんわかした気持ちになりながら茶々丸に「うん、私も」と告げ、白雪に再度向き合った。

「それで、私に助けてほしいことっていうのは？」

今の話を聞いた限りでは、私にできることはなさそうだったが……。

白雪は、前足をカウンターにのせてきゅっと力を入れた。

「あたしたちを稲荷神社に連れていってほしいの。琥珀は神の使いだから、天久町まで来るのなんて一瞬なんだけど……。あたしたちは違うから。行こうと思ったら、歩いて行くしかないのよ」

稲荷神社までは、車で一時間くらいかかる。ウサギとタヌキの足じゃ、自転車より遅いかもしれない。

「あたしたち、琥珀に早く、昔の恋にけじめをつけてほしいのよ」

「そして、うじうじ琥珀からもとの琥珀に戻ってほしいんだな」

けじめをつけてほしい、というのは表向きの理由で、白雪も茶々丸も琥珀のことが心配なだけなんだな、と感じた。

「わかった。じゃあ、あさってでいいかな？　あやかし用の営業日を休みにするから、その日に車で稲荷神社まで行こう」

「お、オイラ、車に乗るのは初めてなんだな！」

「あ、あたしも……。怖くはないのよね？」

興奮した様子の茶々丸と、不安げな白雪。対称的な反応をすると思っていたけれど、本質的なところは白雪のほうが繊細なのかも。

「大丈夫。全然揺れないし、寝ていても着いちゃうよ」

そう説明すると、白雪はホッとしたようだった。待ち合わせ時間を決めて、ふたりは帰っていく。

「なんだか、またおかしなことに巻き込まれちゃったな……」

こんなとき、いつもだったらやって来るはずの紅葉さんが、今日は姿を見せなかった。

それがなんだか、心細いような寂しいような不思議な気持ちで、「いやいや、ないない」と私は首を横に振る。

いつもいつも、紅葉さんが助けてくれるわけじゃないんだから。

でもなんだか、今はあの意地悪が無性に聞きたい気分だった。

＊　＊　＊

「ううっ、なんだか気持ち悪いわ……」

「オイラは全然大丈夫だったんだな！　窓から動く景色を眺めるの、とっても楽しかったんだな！」

白雪は口元を押さえながらしゃがみ込み、茶々丸は元気にしっぽを振る。稲荷神社の駐車場に着いて車を降りたふたりは、真逆の感想を述べた。

乗っている間も、白雪は座席にもたれかかってぐったりしていて、茶々丸はウインドウに肉球をくっつけてきゃっきゃとはしゃいでいた。あやかしでも、車酔いしやすい体質ってあるんだなあ……とグロッキーな白雪を見てしみじみ思う。

「白雪、大丈夫？　帰りもまた一時間乗らないといけないけど……」

「うっ……。が、がんばるわ」

人間用の酔い止めを飲ませるわけにもいかないし、ここは耐えてもらうしかないのがつらいところだ。

「さっぱりした飲み物があれば楽になるかな。白雪が飲めそうなやつ、帰りにコンビニで買ってあげるね」

「助かるわ……」

会話しながら歩道を歩くと、稲荷神社の正面入口に着いた。大きな赤い鳥居と、真ん中にまっすぐ伸びた参拝道。左右に並んだ土産物屋やお茶屋さんのひなびた風合いも、昔からある神社という感じで落ち着く。

「ん……。相変わらず大きな神社ね」

「見てほしいんだな！　この狛狐、琥珀にそっくりなんだな！」

茶々丸が、参拝道の左右に並んだお狐さまを指さす。

「あらほんと、すましてるところなんて瓜ふたつじゃない」

「そういえば、首に巻いている布も同じだね」

めいめい感想を言い合っていると、

「……なにをやっとるんじゃ」

背後から、呆れかえった老人の声がした。

「あっ、琥珀なんだな！」

振り返ると、『どっちが本物の狛狐だろう』と迷ってしまうくらい、目の前の石像とそっくりなお狐さまがいた。違うのは、耳としっぽとヒゲがぴくぴく動いているところくらいか。

「お前たち、わざわざなつめに連れてきてもらったのか？　こんな遠くまで、なんの用じゃ」

「なんの用って、そりゃあ……」

琥珀に会いにきた、と話してもいいのだろうか。ちらっと白雪を見ると、あわてた様子で弁解していた。

「さ、参拝よ、参拝！　たまには琥珀がマジメに仕事してるのかどうか、確認しておかないとね！」

「わしはいつもマジメにやっておる！」

案の定、琥珀とまた言い争いに発展しそうになる——が、今回は意外にも琥珀が引くのが早かった。

「しかしまあ……、そういうことなら、わしが拝殿まで案内しようではないか」

なんだかそわそわした様子の琥珀。これはもしや、自分の家もとい職場まで友達が訪ねてきてくれたのがうれしいのでは？

「ありがとう。じゃあ、お願いしようかな」

琥珀の機嫌がいいので、何度か来たことがあるのは内緒にしておいた。白いふさふさのしっぽを追いかけてしばらく進むと、右手に手水舎《ちょうずや》と藤棚が見える。

「春だったら、満開の立派な藤が見られたんじゃがのう……」

「そうなんだ。じゃあ、また春に来るよ。白雪と茶々丸を連れて」

「そうか、そうか」

琥珀はほくほくした表情でうなずきながら目を細めた。

正面のつきあたりには、朱色の柱と緑がかった屋根の、荘厳かつ華麗な拝殿が鎮座している。

「えっと、二礼二拍手一礼、だよね」

私と白雪、茶々丸が横一列に並び、頭を下げる。お賽銭《さいせん》はふたりのぶんも私が投げておいた。

稲荷神社に来たなら、やはり願うのは商売繁盛だろう。食堂を経営する立場としては手抜きできない部分なので、念入りに参拝しておく。

白雪と茶々丸もやけに熱心に手を合わせていたので、琥珀が首をかしげる。

「なつめはわかるが、お前たちはなにをお願いしたんじゃ？　商売繁盛も五穀豊穣も、白雪と茶々丸には関係ないじゃろう」

「それはもちろん、琥珀のしつれ……キャイン！」

茶々丸から犬の悲鳴みたいな声が聞こえたと思ったら、白雪が跳び蹴りを入れていた。

「わしの……なんじゃ？」

「こ、琥珀の神社の神さまに失礼がないように、ちゃんとほたる亭のことをお願いしたわよ！」

「それはいい心がけじゃが……。白雪、茶々丸が怯えておるのじゃが」

涙目になった茶々丸が、ぶるぶると震えながら私の後ろに隠れた。

「ちょっと足がすべっただけよ！　急所は外したでしょ！」

「そういう問題じゃないと思うんだな……」

白雪がとっさに言い訳で使った『参拝』はもう終えてしまったが、これからどうするんだろう。

「ねえ、来たばっかりで悪いんだけど、どこかでお昼にしない？　私、お腹すいちゃって。個室になってるお店だったら、みんなも食べられるでしょ。琥珀も来ない？」

この炎天下じゃあやかしもつらかろうと、そう提案してみる。

「ふむ。そういうことなら、今度もわしが案内しよう。このあたりの店には詳しいぞ」

琥珀が自慢げに胸を張るので、私たちは神社近くの大通り、飲食店や雑貨屋が建ち並ぶ栄えた商店街を琥珀に案内してもらうことにした。

てっきり和食のお店が多いかと思っていたが、オシャレなカフェもあるようだ。夏休みのせいかもしれないが、歩いている参拝客も若い人が多い。手に持っているドリンクは、カフェでのテイクアウトだろうか。神社の近くだから年配の人が多い、というわけではなくなっているんだな。

天久町もこんなふうに、若い人を呼び込めたらいいのにな、とふと思う。やっぱり、私の食堂に来てくれる人間のお客さまも、年配の方が多いから。

いろいろと勉強して帰ろう、と熱心にお店の外看板を見ながら歩いていると、琥珀が喜びそうな油揚げ推しのうどん屋さんがあった。

「この店、いなり寿司ときつねうどんのセットがあるよ。やっぱり、稲荷神社の近くだからかな。ここだったら雰囲気的に座敷席もありそうだし、入らない？」

落ち着いたいい店を見つけたと思ったのに、琥珀は焦ったように首を横に振る。

「そ、そ、そこはダメじゃ」

「はぁ？　なんでよ。きつねうどんだってあるじゃない」

「暑いんだな。早くどこかに入りたいんだな」

私たちが押し問答していると、お店の引き戸がガラガラと開いた。

「あの――」

甚平のような制服に三角巾を巻いた店員さんが、戸惑い気味に声をかけてくる。店員さんの目には、私がずっと外のメニュー表のところで迷っているように見えたのだろう。

「あ、こ、こんにちは」

三匹がほかの人には見えないことはわかっているが、反射的にびくっとしながら挨拶を返す。

「いらっしゃいませ。暑いので、よかったら中でメニューを見てくださいね」

店員さんは私の挙動不審な様子をさらっとスルーし、なごやかな笑顔を向けてくれる。見た感じ、二十歳くらいだろうか。その対応を見て、若いのにきちんとした店員さんだなあとほっこりする。

「はい、ありがとうございます。……ん？」

足下から「あ……あ……」といううめき声が聞こえたので視線を移すと、琥珀が目を見開いて店員さんを凝視していた。

そしてそのまま、踵《きびす》を返して走り去ってしまう。

「ちょ、ちょっと待ちなさいよ、琥珀！」

「ああっ、琥珀も白雪も、待つんだな！」

三匹が、道ゆく人たちを器用に避けながら猛スピードで駆けていくのを呆然と見送る。

「あの、お客さま……？」

ぽかんとする私の顔を、戸惑い気味に見つめる店員さん。

「あっ、す、すみません！　電話がかかってきてしまって……。また来ます」

バッグの外ポケットに入れていた携帯電話をとっさに取りだし、私も三匹のあとを追う。

やっと追いついたときには稲荷神社の境内の中で、三匹は藤棚の下ではぁはぁと息を整えていた。

「なんで、逃げるのよっ」

「そ、それは、その……」

琥珀の首根っこをつかむ白雪。

「さっきのお店の人間が、琥珀の恋の相手なんじゃないの!?」

私がほんのりと感じていたことを、白雪がずばっと切り出す。琥珀は、あからさまにうろたえていた。

「な、なにを言っておるんじゃ！」

「あんな顔して……。言い訳したってバレバレなんだから！」

琥珀が押し黙り、シリアスな空気が流れたそのとき。ぐったりと横になっていた茶々丸が口を開いた。

「琥珀。オイラたち、今日参拝に来たって言ったのは嘘なんだな」

「茶々丸……？　なにを言っておる」

戸惑う琥珀と、気まずそうに目を逸らす白雪。

「本当は、いつまでもきつねうどんにこだわっている琥珀のことが心配で、ここまで来たんだな。悩みがあるなら話してもらいたくて……」

「そうじゃったのか……？」

こんなふうに本音でぶつかったのは初めてだったのだろう。三匹ともが、心細そうな顔をしていた。

「琥珀、私からもお願いするよ。二匹とも、琥珀のことをずっと心配していたんだよ。話せば解決策も見えてくるかもしれないし、思い悩んでいることがあるなら打ち明けてほしいな」

フォローに入ると、琥珀は神妙に私を見上げた。

「なつめ……。おぬしにも、世話をかけてしまったな。まだ出会ったばかりだというのに」

「そんなこと、友達に関係ないでしょ」

そんな言葉がするっと自分から出て驚いた。だって、あやかしのことは『お客さま』だとは思えないし、かと言って『知り合い』というのも遠い気がする。一緒にいると楽しかったりハラハラしたりするこの感じは、『友達』というのがいちばん近いって思ったんだ。

「友達、か。なんだかくすぐったいのう」

前足でヒゲをもてあそぶ琥珀。今のひとことで、白雪と茶々丸もかけがえのない『友達』だと気づいたみたいだ。

「……長い話になるけれど、聞いてくれるかのう？」

「もちろん」

白雪と茶々丸が、同時にうなずく。私たちは藤棚の下のベンチに座ると、琥珀の話に耳を傾けた。


それは三十年ほど昔のこと。稲荷神社には、毎日いなり寿司を供えに来る少女がいた。少女の家は先ほどのうどん屋で、当時は経営が傾いていたのだ。

「手にあかぎれを作って、いなり寿司を供えて手を合わせる様子が、なんともけなげでのう……」

家の手伝いをしながら毎日参拝しに来る少女に、琥珀はいつしか恋心を抱くようになった。

「ろ、ロリコン！　だってその子、まだ十代だったんでしょ？」

白雪が糾弾すると、琥珀はつばを飛ばしながら否定した。

「うるさいわ！　長生きしているわしから見たら、十年、二十年の差なんてささいなものなんじゃ！」

琥珀は少女のために、なんとかうどん屋の経営を立て直したいと考える。そして、少女の供えてくれるいなり寿司が美味だったことから、きつねうどんといなり寿司のセットを出せばいいのでは、と考えた。

「今でこそ名物セットじゃが、当時はいなり寿司はメニューになくてのう。わしは人間に化けて、うどん屋に通うことにしたのじゃ」

「えっ、琥珀って人間に化けられるの？　狐だから？」

私は琥珀の言葉にびっくりして聞き返す。

「狐やタヌキじゃなくても、神に近いものや力の強いあやかしならば、人間に化けられるぞ。普通のあやかしでは、まず無理な芸当じゃが」

話を聞いていた茶々丸が、恥ずかしそうに頭をかく。

「お、オイラは、茶釜に化けるのが精いっぱいなんだな」

「へえ、そうなんだ」

昔話では、狐やタヌキに化かされる話がよくあるけれど、現実の事情はまたちょっと違うみたいだ。

「じゃあ、話に戻るぞい」

何度も通ううちに、『常連さん』として心を開いてくれる少女。そのタイミングで琥珀は、セットメニューの提案をする。

「どうしてわしが、少女の作るいなり寿司が美味だと知っているのか、不審に思われたが……、わしの提案は受け入れられて、いなり寿司ときつねうどんのセットが店で出されるようになったんじゃ」

そのセットは評判になり、うどん屋の経営も安定し、琥珀は『恩人である常連さん』として感謝される。その後もうどん屋に通い詰める日々は続き、少女も琥珀のことを憎からず想っているのでは……と感じるようになった。

「わしはうれしかった。このまま恋仲になれるんじゃないかと夢を見たりした。じゃが、その幸せは長くは続かなかった……」

数年がたち、少女も年頃になる。可憐で働き者の彼女には、たくさんのお見合いの話が舞い込んだ。しかしそれをことごとく断っていることを、琥珀は知ったのだ。

もしかしたら自分のせいで、彼女はお見合いを受けないのでは。このままでは彼女が婚期を逃してしまう。

自分が彼女の幸せの枷《かせ》になっていると危惧した琥珀は、彼女に『自分は遠いところへ引っ越すことになったから、もうこの店には来られない』と告げて、店に通うのをやめた。

伝えることができなかった想いは今も琥珀の中でくすぶり続け、彼女への未練を断ち切れないまま現在に至る。

「きつねうどんにこだわっていたのは、うどん屋に通っていたときにいつもきつねうどんを頼んでいたからじゃ。名前を明かさなかったから、わしは『きつねうどんのお客さん』と呼ばれておった……」

琥珀の話を聞き終えた私たちの間には、しんみりとした空気が流れていた。琥珀はあのお店と彼女を救ったのに、自分の正体を明かすことも、自分の気持ちを伝えることもなく、近くにいるのに会うことさえできずにいる。黙って身を引いた琥珀の気持ちがただ切なく、つらい。せめてそのうちのどれかひとつでさえ、叶えてあげられればいいのに。正体を明かすのは無理だろうから、せめて告白だけでも。

「あのさ、思ったんだけど。告白できずに距離をとっちゃったせいで、琥珀には未練が残っているんでしょ？　だったら、今からでも玉砕覚悟で、想いを伝えてみたらいいんじゃないかな」

「そうね。あたしもそれがいいと思うわ。とりあえず本人に会わないことには話が進まないし」

「そうだな、会ってみるんだな」

思い切って提案してみると、白雪も茶々丸も賛成してくれた。なのに琥珀だけが尻込みしている。

「い、嫌じゃ」

「なんでこの期に及んで怖じ気づいてるのよ！」

「あ、あのとき、見栄をはってイケメンの青年に化けてしまったんじゃ。今会うなら、初老になっていないといけないじゃろ？　歳をとった姿を見せるのは嫌じゃ」

「なに、乙女みたいなこと言ってるのよ！　向こうだってそのぶん歳をとってるんだから、同じでしょ！」

そもそも本来の姿は狐なのだから、そこを気にしなくても……と思うのだが。

ともあれ、琥珀はしぶしぶ承諾し、初老の男性に姿を変えてうどん屋に向かうことになった。

「いい？　琥珀はなつめと親子の設定なんだからね。あたしたちは見えていない体《てい》で行動するのよ」

「わ、わかっておる」

私の隣には、白いヒゲをたくわえて着物を着た老紳士、に化けた琥珀がいる。声は同じなのに、今は私の頭上から聞こえてくるから違和感がある。

ハットをかぶってステッキを持った琥珀は、着物姿が板につきすぎてヤクザの親分感があるが……。まあ、細かいことには目をつぶろう。とりあえず、あやしまれずにうどん屋に入り、店員さんと会話することが必要だ。

件《くだん》のうどん屋に戻ると、「あら、お待ち合わせだったんですね」と先ほどの店員さんが気さくに声をかけてくれる。座敷の奥の席がいい、というこちらのわがままにも快く応えてくれた。

きつねうどんといなり寿司のセットをふたつと、白雪と茶々丸用にあんみつをふたつ注文する。

「か、可憐じゃ……。あのころの彼女にそっくりじゃ」

去っていく店員さんの後ろ姿を眺めながら、琥珀がうっとりとつぶやいた。

「でも、約三十年前の話でしょ？　あの子せいぜい二十歳くらいじゃない。年齢が合わないわよ」

「じゃが、そうすると、彼女はどこに……」

「しっ。料理が運ばれてきたわ。まずはあやしまれないように食べましょ」

「あんみつ、楽しみなんだな」

襖で仕切られていて人目がないせいか、みんなのびのびしている。そういえば、あやかしたちは普段、ほたる亭以外の店に入ることはないんだな……と思うと、はしゃぐ気持ちもわかる気がした。

いただきます、と手を合わせ、みんなで注文した料理に手をつける。きつねうどんには、小ぶりのいなり寿司がふたつついていた。いなり寿司の上部分はご飯が見えていて、ひとつには錦糸たまご、もうひとつには刻んだ高菜がのっている。

手始めにきつねうどんをすすると、上品なお出汁と弾力のある麺が絡み合い、なんともおいしかった。手打ちのうどんってこんなにおいしいんだな。お揚げも、甘く濃く煮てあって、かむとじゅわっとうまみが出てくる。

「う、うまい。あのころの味とそっくりじゃ……。この、ゴマの入った酢飯と、甘ぁいお揚げ……」

琥珀はいなり寿司を頬張りながら涙ぐんでいる。

「お茶のおかわり、お持ちしました……。あら？」

料理をすっかり堪能し終えたころに来た店員さんは、真っ赤になった琥珀の目を見て驚いている。

「あ、ああ、季節外れの花粉症での……」

琥珀は、わざとらしく洟《はな》をすすりながら言い訳する。店員さんは素直な性分なのか、

「そうなんですか、大変ですね」と心配そうな表情を見せる。

「このうどんといなり寿司じゃが……、昔と変わらない味で感動したよ。三十年ほど前にうどんを打っていた親父さんはご健在かの？」

琥珀がたずねると、店員さんは「いえ」と首を横に振った。

「祖父は亡くなって、今はうちの父がうどん打ちを引き継いでいます」

「そうじゃったのか……。親父さんは、もう……」

言葉を失っている琥珀を見ていた店員さんがいきなり、ハッとした表情になった。

「あの……。もしかして、昔うちによく来てくださっていた、きつねうどんのお客さまですか？」

「そうじゃが……？」

こちらの顔色をうかがいながら向けられた質問に琥珀が答えると、店員さんは目を丸くして口元を押さえた。

「ちょ、ちょっと待ってくださいね。母を呼んできます！」

バタバタとせわしなく飛んでいった店員さんを見つめながら、今度は私たちが驚く番だった。

「あの子、琥珀のこと、知ってたわね……？」

「でも、琥珀がこの店に通っていたときは、まだ生まれていないはずだよね？」

「ど、どうしてなんだな？」

あの子は、琥珀の思い人にそっくりだと言っていた。そのお母さんを呼ぶということは、もしかして……。

「お、お客さま、お待たせしました……！」

はぁはぁと息を切らせながら、店員さんが戻ってくる。その後ろには、恰幅のよい中年女性が控えていた。エプロンが似合っていて、いかにも肝っ玉母さん、という感じだが……。この人が、お母さんなのだろうか。

「か、彼女じゃ。間違いない」

「えっ？」

琥珀は目を潤ませてお母さんを見ている。

ほ、本当に？　だって、彼女とお母さんはまったく似ていない。

白雪と茶々丸も口を挟めずびっくりしている中、お母さんが興奮した様子で口を開く。

「あ、あの。きつねうどんのお客さまがおみえになっていると聞いて……。私のこと、覚えていらっしゃいますか？　歳をとって、ずいぶん見た目は変わってしまったんですが……」

「も、もちろんじゃ。あなたはなにも変わっとらん。その笑顔も、瞳の輝きも、昔とおんなじじゃ」

「まあ、うれしいこと言ってくださって。お客さまもキザなところ、昔と変わらないんですね」

うふふ、と頬を染めて、少女のように微笑むお母さん。

「な、なに今のクサいセリフ。しかも昔からなの？」

「し、知らない琥珀なんだな……」

旧友の意外な一面を見て戸惑う二匹。私もなんだか、胸のあたりがむずむずする。

「娘にも、夫にも、よくお客さまのことを話していたんですよ。昔、この店を救ってくれた恩人がいたって……。着物姿にハットとステッキを身につけたオシャレな人だって教えていたので、娘がピンときたらしくて」

「お母さんより少し上くらいの歳だって聞いていたので、もしかしてって」

娘さんがはにかむと、お母さんの微笑み方によく似ていた。

「そちらはもしかして、お客さまの娘さんですか……？」

お母さんが私に視線を移したので、ぺこりと頭を下げた。

「そ、そうじゃ」

「そうですか……。お互いこんなに大きな娘がいるなんて、時間がたつのは早いですね」

しみじみとつぶやくお母さん。そのとき、その後ろから、板前服を着た中年男性が顔を覗かせた。体格がよく、特に腕がっしりしている。うどんを打っている職人さんだからだろうか。

「あら、あなた」

「お父さんまで来たの？」

「恩人のお客さまだと聞いて、厨房から飛んできました……！」

びしっと九十度、頭を下げるお父さん。

「今の店主さんかね？　昔の、親父さんの味と同じでびっくりしたよ」

「は、はい。ありがとうございます。義父に認めてもらうために、がんばりましたから」

「婿に来たのかね？」

琥珀は、落ち着いた様子で質問しているけれど……。かつて好きだった人の旦那さんなのだから、本心では複雑な気持ちなのかな、と心配になる。

「はい。私たち、幼なじみで……。子どものころからお互い好き合っていたのですが、父がなかなか夫を認めてくれなくて。一時期は、わざわざ私にお見合いの話を持ってきて、無理やりほかの人と結婚させようとしていたんですよ」

「……えっ？」

私と琥珀の声が揃った。あれ？　だって、さっき琥珀から聞いた話では――。

「義父は、同じ商売をしている家と結婚させたかったみたいですね。僕の家は、普通の会社員だったので……」

「じゃ、じゃあ、あのころ、お見合いをことごとく断っていたのは……」

「ええ。私はこの人と結婚すると決めていたので……。写真も見ないで断っていましたね」

「そ、そ、そうじゃったのか」

呆然とする琥珀。それを見つめる私と白雪、茶々丸も同じ表情だった。

「僕がうどん屋に婿入りすると宣言し、やっと結婚を許してもらったんです。結婚したあとも、認めてもらえるように義父の味を追求して……」

「そ、それは、大変だったの……」

「ええ。でも今日、恩人のお客さまに褒めていただいて、苦労が報われました。ありがとうございます」

その後、あれから茨城を離れていたのか、今日はどうしてここまで来たのかなど、琥珀は質問攻めにされ、最後は「近くまで来た際には、ぜひまた寄ってください」と見送られ、しかも代金はタダにしていただいた。

少し歩いてから振り返ると、お母さんもお父さんも娘さんも、揃ってずっと、深々と頭を下げていた。まるで神社に参拝するときのように。


「全部、わしのひとり相撲だったんじゃな……」

稲荷神社のベンチまで無言で戻ったあと、狐の姿に戻った琥珀はぽつりとつぶやいた。かなり意気消沈している様子だが、無理もない。三十年近くもの間、両思いだと信じていたのに、全部自分の思い込みだったのだから。

でも私には、笑い飛ばして琥珀を元気づけることはできない。見た目が変わってしまったお母さんを見てもなお、『笑顔も瞳の輝きも同じ』と言えるような清らかな想いを、どうしてバカにすることができるだろう。

「……そんなこと、ないと思う。お母さんは、琥珀がお狐さまだって気づいていたんじゃないかな」

今日だって、琥珀の名前を訊くことはなかったし、琥珀が質問に答えられなくても、問い詰めたりはしなかった。でも、そう思う理由はそれだけじゃなくて――。

「どうしてそう思うんじゃ？」

「琥珀は、メニュー表を見ないで注文を決めちゃったでしょ？　だから気づいていなかったけど……。きつねうどんといなり寿司のセットの欄にね、『お狐さまの大好物！』って説明が書いてあったの」

そのときは、稲荷神社の近くの店だからそう書いてあるのだと思った。でも、あの家族の見送る姿を見たときに、神聖なものに対する敬意を感じたのだ。

「そうか……。そうなんじゃな……」

後ろを向いてこっそり涙を流す琥珀の肩を、白雪がぽんと叩いた。

「いい恋だったたんじゃない。向こうは恋じゃなかったけれど、こんなに感謝してもらったら、神さまの使いとしては本望でしょ」

「そうなんだな。琥珀の思いは、相手に通じていたんだな」

茶々丸もそこに加わり、三匹で肩を寄せ合う体勢になる。

「そうじゃな。わしは稲荷神の使いとして、彼女の代も、娘さんの代も、孫の代も、その先もずっとあのうどん屋を見守っていくぞ」

気持ちは伝えられなかったけれど、そうすることで想いを返していく。決意した琥珀は、清々《すがすが》しい顔をしていた。

「そして、白雪と茶々丸に訊きたいことがあるんじゃが……。お前たち、力うどんとたぬきうどんにこだわりがあるというのは、嘘じゃな？」

「えっ。気づいてたの？」

白雪が驚いてぴょんと飛び上がる。これには、私もびっくりだ。

「最初から、わしに合わせているだけだとわかっておった。でも、それでも、きつねうどんの話をすることで、彼女を好きだった過去を再確認したかったんじゃ。時間がたって忘れていくのが怖かったんじゃ……」

声を震わせる琥珀。いつも辛辣な言葉をかける白雪は、優しい表情で首を横に振った。

「そんなことをしなくても、琥珀は忘れないわよ。最初は、琥珀に昔の恋を吹っ切ってほしかったけど、今は忘れなくてもいいと思ってる」

「お、オイラも、そう思うんだな。忘れるのは、もったいないんだな」

「白雪、茶々丸……」

がばりと、二匹に抱きつく琥珀。「やめてようっとうしい！」「あ、暑いんだな」と文句を言いつつも、白雪も茶々丸も、あたたかい笑顔で琥珀を見ていた。

こうして、お狐さまの約三十年にもわたる長い長い恋は、彼らの友情を再確認することで幕を閉じたのだった。

＊　＊　＊

後日、琥珀と白雪、茶々丸がほたる亭に揃って来店した。

久しぶりに来店した紅葉さんは、カウンター席でお茶を飲んでいる。今日のお茶はなんと、タピオカミルクティーだ。もちもちした食感が好きならもしかして、とお手製タピオカを作ってみたのだが、お気に召したようで、先ほどから「このストローは吸うのが難しいな」と文句を言いながらちゅーちゅー飲んでいる。気になるのは、今日は顔色が悪いことなんだけど……。紅葉さんは「夏バテだ。たいしたことない」と言っていた。

夏バテで寝込んでいたから、しばらく姿を見せなかったのだろうか。

三匹を窓際の奥に案内し、お誕生日席を用意してテーブルを囲うように座ってもらった。なんだか、童話の一場面みたいでほほえましい。

「なつめにも、世話になったのう」

お誕生日席に座った琥珀がしみじみとつぶやく。

「全然気にしないで。私も、みんなと稲荷神社に行けて楽しかったし」

本音を伝えたのだが、琥珀は目を細めて私をまぶしそうに見上げた。

「なつめはやはり、皐月とどこか似ておるのう」

「え、そうかな？　どこが？」

私は母似なので、祖母と顔は似ているけれど性格は似ていない。おっとりして上品な祖母に比べたら、がさつだしおしとやかじゃない。お店を継いで、料理人としては憧れの祖母に近づけたけど、内面はほど遠いなあとがっかりしていたものだ。

「そりゃあんた、あたしたち相手に食堂をやろうだなんて考える人間、皐月となつめくらいのものでしょ」

「それは、ほかの人はあやかしが見えないからで……。見えていたら、やろうと思う人だってほかにいるでしょ」

私がそう言うと、茶々丸が首を横に振った。

「それはないと思うんだな。見えていても、オイラたちを招き入れようと思う人間は少ないんだな」

「なつめは自分の美点を低く見積もっているところがあるのう」

美点、だなんて言われたことがないので、頬がちょっと熱くなった。

「そ、そんなふうに言ってもらえるほどのことじゃないよ。でも、ありがとう」

照れたのを隠すように、みんなの前にメニューを広げる。

「今日はなにを食べる？」

「うーん、ぜんざいもあんみつも最近食べたし、どうしようかしら」

「わしも、きつねうどんは食べたばかりじゃからのう……」

「お、オイラは、なんでもいいんだな」

悩む三匹。よしよし、だいたい予想していた通りだ。

「それだったら、私に任せてもらっていい？　みんなに食べさせたいものがあったの」

みんなは、私の提案にうなずいてくれた。

「じゃあ、ちょっと待っててね」

下がろうとしたとき、琥珀に割烹着を引っ張られる。

「なつめ。あそこにいるお方のことなんじゃが……。あの方がどうしてここにおられるのじゃ？」

琥珀の視線は、カウンター席に向いていた。そうか、琥珀は紅葉さんとは初対面なのか。

「ああ、紅葉さんのこと？　紅葉さんもあやかしが見えるからって、人間なのにあやかし用の営業日に来てるんだよ。ごめん、知らないとびっくりするよね」

そう説明すると、琥珀はなにかを考えるように黙って――、「そうじゃったか」と私の割烹着を離した。

　そのまま厨房に引っ込み、ふと立ち止まる。さっきの琥珀との会話、どこかに違和感があった。どうしてだろう、普通のことしか話していないのに。

「……気のせい、かな」

　琥珀も納得していたし、カウンターを通ったとき紅葉さんもなにも言わなかった。こちらの会話が聞こえていなかっただけかもしれないけれど。

「そんなことより、料理、料理、料理！」

　私は気を取り直して、三角巾をしめる。お湯を沸かして、その間にネギを刻み、グリルのスイッチもひねる。

　今から作るのは、うどんだ。でも、ただのうどんではない。みんなが来たら振る舞おうと思っていた、とっておきのスペシャルうどんなのだ。

「お待たせしました」

　料理が完成し、どんぶりに入ったスペシャルうどん三つをテーブルに置くと、三匹が同時に目を丸くした。

「な、なんじゃ、このうどんは」

「お揚げも、お餅も、天かすも、全部のってるんだな」

「こんなうどん、メニューになかったわよね」

そうなのだ。テーブルの上で湯気をたてている存在感のあるうどんは、きつねうどん・たぬきうどん・力うどんの三つを合体させたものだった。もちろんお揚げは甘く煮て、お餅はグリルで香ばしく焼いてある。

「うん。これはね、今日だけの特別メニューの『三つ巴うどん』だよ」

「三つ巴うどん？」

「そう。みんなは、三つ巴の意味、知ってる？」

「三つのものが対立している状態……、ではなかったかの？」

琥珀が首をかしげる。そう、それも正解だ。でも私が最近知った、別の意味があるのだ。

「それ以外にもね、三人が向かい合って座ることも、三つ巴って言うんだよ。今のみんなにぴったりだと思って」

初めてみんなに出会ったとき、毛玉になってケンカしている状態が三つ巴だと感じた。そして今は、違う意味での三つ巴だと思っている。

「確かに、そうじゃな」

「お、オイラたちは昔も今も、三つ巴なんだな」

「なによもう、粋なことしちゃって」

琥珀たちは照れながらも、三つ巴うどんを完食してくれた。種族も、性格も違う三匹の友情がこれからも続きますようにと、願いを込めて作ったうどんを。

「じゃあ、また来るからのう」

「うん、私もまた、稲荷神社まで行くね」

店の外まで見送ると、琥珀はどろんと姿を消し、白雪と茶々丸は肩を並べて帰っていった。

「ふう。今日はこれで店じまいかな。お客さまも、紅葉さんも帰ったし」

肩をぐるりと回しながら、西側が夕焼けに染まり始めた空を見上げる。私はそのときやっと、庭に背の高い男性がたたずんでいることに気づいた。この間公園で見た、白い長髪に赤い瞳、白い着物のあやかしだった。

その冷たい雰囲気にびくっとなったけれど、ここにいるということは食堂のお客さまだということに気づき、内心の怯えを隠しながら笑顔で声をかける。

「お客さまですか？　よかったら中へ――」

私と視線を絡ませたあやかしは、赤い瞳をぎらりと光らせてにやりと笑った。

ぞくり、と肌が粟立つ。頭の中に『危険だ』とシグナルが鳴るのに、金縛りにあったように身体が動かない。

足音もなく近寄ってきたあやかしは、私に向かって手を伸ばす。その指に、凶器のような長い爪が生えていると気がついたときには、その手はもう私の首にかかっていた。

「お前は、我の計画に邪魔だ。消えてもらう」

苦しい。どうして私は今、首を絞められてるの？

疑問がいくつも浮かぶけれど、声も出せない。必死でもがき、あやかしの腕をつかんだが、その氷のような冷たさに絶望しか生まれなかった。

だれか、だれか、助けて――。

息苦しさで、目の端に涙がにじんできた、そのとき。

「なつめになにをしている！」

緊迫した紅葉さんの声が、耳に届いた。

と同時に、突風があやかしを襲う。

首から手が離れた隙に紅葉さんの声がしたほうを見ると、今まで見たことのないくらい険しい顔をした紅葉さんが、ヤツデの葉っぱを振っていた。風は、明らかにそこから巻き起こっている。

どういうこと……？　紅葉さんは、ただの人間ではなかったの？

「くっ……。貴様は、またも我の――」

どんどん強くなる突風に、あやかしはうめき声を残して姿を消した。

「なつめ、大丈夫か！」

私が倒れる直前に、紅葉さんの腕が受け止めてくれる。

「も、紅葉さん……」

「よかった、お前が無事で……」

苦しげに眉を寄せる紅葉さんの額には、玉の汗がたくさん浮いていた。そして、呼吸がだんだん荒くなっていく。

「紅葉さん……？　どうしたんですか……？」

「すまない……。もう力が、もたなそうだ」

紅葉さんの身体がぐらりと揺れ、私を支えていた腕が力をなくす。

「紅葉さんっ！」

どさり、という大きな音がすると、瞳を伏した紅葉さんの身体は、力なく地面に横たわっていた――。

# 五品目

# 天狗とすいとん

倒れて意識をなくした紅葉さんを、家で寝かせることにした。ちょうど近くを通りかかったあやかし何匹かに手伝ってもらって、寝室まで運ぶ。

考えれば、紅葉さんがどこに住んでいるのかも知らない。

殺風景な寝室で、布団をかけて眠っている紅葉さんを見ると、心臓をぎゅっとつかまれたような気持ちになる。驚くくらいサラサラな長い髪も、血の気のない白い顔も、まぶたを縁取る長いまつ毛も、作り物めいていて現実感がない。このまま目を覚まさないのではないか、もうあの意地悪が聞けないのではないかと思うと、涙が出そうになる。

視線を枕元に逸らすと、紅葉さんが使っていたヤツデがそこにある。

あのときの、まるで魔法のような突風や、殺気立った空気。やはり紅葉さんは、人間ではないのかもしれない。

あやかしや神さまの事情に詳しかったり、河童に変身しなくても川にもぐれたり、あんなに目立つ格好をしているのに、町の人から紅葉さんの話が出ることは一切なかったり、引っかかることはいくつもあった。ただ、考えたくないから見ないふりをしていただけだ。

こうしておとなしく寝ていると、ただの人なのに。美形で、変わり者なだけの——。

でも私、どうして紅葉さんを人間だって思い込みたかったんだろう。

正座をしてじっと紅葉さんの寝顔を見ていると、表情が苦しげにゆがんだ。

「紅葉さん!?　大丈夫ですか？」

声をかけて肩を揺するけれど、まぶたは開かれない。荒い呼吸の合間に、うめくようなうわごとがこぼれた。

「力が……弱くなってきている……。あいつの……、鬼のせいで、町の人が……」

それだけつぶやくと、だんだん呼吸も落ち着き、しんとした寝姿に戻る。

「鬼？　さっきのあやかしが？」

本能で『危険だ』と感じたのは、鬼だったからなのか。それに、町の人というのはきっと、天久町の人たちのことだろう。鬼のせいで天久町の人が、なにか危険にさらされているというのだろうか。そういった話は、なにも聞かないけれど……。

「あ、今日は夕方に野菜の宅配だった！」

衝撃的な出来事があったせいで、すっかり忘れていた。

あわててお店の裏口に向かうと、もう耕太さんは来ていて、野菜の入った段ボールを地面に積んでいた。

「す、すみません！　家のほうへ戻っていて……！」

息を切らしながら走り寄ると、耕太さんはさわやかな笑顔で迎えてくれた。

「大丈夫だよ、今運び終わったばっかりだから」

伝票も書き終わっているので、『ばっかり』ではないはずなんだけど、耕太さんの気遣いに感謝してサインする。

「あ、そういえばさ……。なつめちゃんは今年の夏祭りの話、聞いてる？」

じゃあまた、というタイミングで、ふと思い出したように耕太さんが話を切り出した。

「夏祭り……ですか」

今年も夏祭りのポスターが貼ってあるのを見かけただけで、それ以外の話はなにも知らない。

「うん。なぜか今年は商店街のメンバー内でもめごとがよく起きて、例年より準備が遅れているみたいなんだよね」

「えっ、お祭りってお盆ですよね。そろそろ準備が終わってないとまずいんじゃ……」

もうすぐ、カレンダーは八月になる。

「だよね……。だから町の人は、今年は夏祭りが間に合わないんじゃって心配してて。なつめちゃん、前にお祭りの話してたから、楽しみにしてるのかなって思ったんだけど」

「はい、今年も行きたいなと思っていました……」

「もう、夏祭りは廃止して神事だけやったらいいんじゃないか、って話も出てるみたいなんだよね。ご神体をこちらの神社に移して、最終日に山の上の神社に戻すやつ」

「でも、それじゃあ……」

天狗行列も、お祭りもなかったら、天狗さまはどうするのだろう。『毎年こっそりお祭りに来ている』と祖母が話してくれた、天狗さまは。

「うん。なんだか、寂しいよね」

また進展があったら教えるね、と告げて耕太さんは帰っていった。

耕太さんから聞いた話と、紅葉さんのうわごとがリンクする。お祭りの準備でトラブルが起こっているのは、もしかして鬼のせいなのだろうか。そうなると、そのせいで紅葉さんの力が弱まっていることになる。

でも、もしそうだとすれば、紅葉さんの正体は――。

「……そうだ、琥珀！」

お店のお客さまがほぼあやかしの中で、琥珀だけは神さまの使いだ。鬼のことについて、なにか知っていたりしないだろうか。それに、今日した会話の違和感も気になる。

ほたる亭で待っていても、琥珀がいつ来てくれるかわからない。事態はもしかしたら私の思っている以上に深刻なのかもしれないし、ここは私がまた稲荷神社に行くしかない。

あまり頻繁にお店を閉めるわけにもいかないし、今日これから向かっても大丈夫だろうか。今すぐ車で向かっても、着くころには夜になる。神社は閉まってしまうけれど、琥珀は呼び出せるかもしれない。それに、紅葉さんの意識がないのに、家でじっとしていても落ち着いて眠れるわけがない。

よし、そうと決まれば。

紅葉さんが目を覚ましたときのために枕元にメモと飲み物を残し、戸締まりをしっかりして私は車を飛ばした。

「琥珀！」

稲荷神社に着くと、琥珀は閉まった門の外側で、駆けてくる私を待っていた。

「やはり、なつめか。似たような気配がしたから来てみたんじゃが……。さっき会ったばかりなのに、どうしたんじゃ？」

「実は、紅葉さんが……っ」

やっと相談できる相手に会えた安心感で涙ぐむと、琥珀が夜闇にまぎれて人間に姿を変えた。

「琥珀……？」

「長話になりそうじゃからのう。落ち着ける場所に移らぬか？」

琥珀はぽんと私の肩を叩いた。なんだか、琥珀がいつもより頼もしく思える。

ほかに思いつかなかったので、先日行ったうどん屋さんに足を運ぶ。客席で働いていた娘さんが、「またいらしてくれたんですね！」と驚きながら喜んでくれた。今回はなにも言わなくても奥の座敷席に通される。

「よかった……。ここなら人目を気にせず話せるね」

「うむ。その前になつめはなにかお腹に入れるのじゃ。ひどい顔色をしておる」

「あ……」

そういえば、紅葉さんが倒れてから水分も摂っていなかった。こんな大事なときに熱中症になっている場合ではないので、琥珀に従ってきつねうどんといなり寿司のセットを頼むことにする。

「琥珀もなにか頼む？」

「さっきなつめのところで食べたばかりだしのう……。む、しかし、このサツマイモにアイスがのっている甘味にはそそられるのう」

琥珀が見ているのは、アツアツのスイートポテトにバニラアイスをのせたデザートだ。溶けたアイスとスイートポテトが絡み合って、まろやかな味になるのだ。あったかいものと冷たいものの組み合わせも楽しい。私も似たようなものを、ほかの店で食べたことがある。

「私もそのデザート大好きだよ。じゃ、琥珀のぶんはそれにしようか」

涼しい店内であったかいうどんを食べると、気持ちが少し落ち着いた。ずっとドクドク鳴っていた心臓も、今はおとなしくしている。

鬼が現れたこと、紅葉さんがそれを追い払ってくれたこと、そのあと倒れて目を覚まさないことを、できる限り冷静に琥珀に説明する。

「そうじゃったか……。大変だったのう」

琥珀は表情を曇らせるが、予想通りあまり驚いてはいなかった。

「琥珀、紅葉さんって、人間じゃないんだよね……？」

おそるおそる、たずねる。目線を伏せ、黙っていた琥珀がゆっくりと顔を上げた。

「もう、なつめにはわかっておるのだろう？」

琥珀の深い眼差しが、私を刺す。聞きたくなかった言葉が今から発せられる予感がした。

「紅葉どのは、天久町を守っておられる天狗じゃ」

ドクン……。心臓の音が、大きく響く。

ああ、やっぱり……。やっぱり紅葉さんが、いつもそばにいてくれたあの人が、天狗さまなんだ――。

予想はできていたけれど、こうして直接聞くと衝撃が大きい。身近に感じていた紅葉さんが、急に手の届かない場所に行ってしまった気がする。

「今日ほたる亭に行ったときには驚いた。どうして町の守り神がここにいるのかと。だからなつめに、どうしてあの方がここにいるのかとたずねた」

「あ……」

あのときの違和感が、やっとわかった。普通は知らない相手を『あの方』なんて呼ばない。呼ぶのは、相手が自分より位が高いとわかっているときだけだ。

「うまく人間に化けておったからほかのあやかしは気づいていなかったが、神気がわずかにもれていた。なつめは気づいていないし、もれている神気が乱れておったから、なにか事情があるのかと黙っておったが……」

神気が乱れていたのは、紅葉さんが倒れたこととときっと関係があるのだろう。

「紅葉さんは……、どうして自分が天狗さまだって隠していたの？」

祖母の代からずっと、『あやかしの見えるただの人間』だと嘘をついていた事情が気になる。

「さあ、それはわしにはわからぬが……。天久町の守り神は人間好きだと聞いたことがある。もしかしたら、人と触れ合いたかったのかもしれぬな。天狗ではなく、ただの人間として」

「人と……」

そうだった。天狗さまは、こっそりお祭りに来るくらい町の人が大好きなのだ。『この町は、いい町だ』と言っていた紅葉さんの顔が、頭の中によみがえってくる。

「うわごとでも、町の人の心配をしていたの。鬼のせいで、なにかが起きているみたいな言い方だった。実際に、夏祭りが……」

お祭りの準備が遅れていることを伝えると、琥珀は腕を組んで難しい顔をした。

「わしも、近頃天久町に悪い気が満ちているのを感じておった。もしかしたら、鬼が商店街の人たちになにかをしたのかもしれぬな。たとえば仲違《なかたが》いをするように、相手に対する不信感を強めたり、悪意が増殖しやすくしたり……。それをするくらいの力はあるじゃろう」

「でもどうして、それが紅葉さんの力を弱めることとつながるの？」

「土地神は、そこに住む人間たちから力をもらって生きているのじゃ。人間たちの関係が希薄になったり、心が醜くなったり、信仰心がなくなると神は力を失う」

それはまさに、今商店街で起きている問題そのものだった。内輪でもめて、夏祭り自体がなくなろうとしている。

「しかし、それだけではない。昔に比べて神に対する信仰心が薄くなり、人間もあっさりした付き合いを好むようになったじゃろ。そのせいで、各地の神の力がもともと弱まってきていた。鬼はきっと、その機を狙っていたんじゃろうな」

「紅葉さんが倒れたのは、私たちの……、ううん、私のせいなんだね」

琥珀は言わないけれど、鬼を追い払ったのがきっととどめになったに違いない。弱っているのに、私を助けるために力を使ってしまったから、耐えきれずに倒れてしまった。

「なつめのせいではない。鬼のせいじゃ。そこを間違えてはいかん」

琥珀は強い口調で私を諭す。だけど、悔しくて唇をかんでしまう。私がもっと気をつけていれば、危険を感じたときにすぐに逃げていれば、紅葉さんは無事だったかもしれないんだ。

「どうしたら、紅葉さんを助けられるの……？」

声が、震える。今まで、知らずに守られて、助けられていた。今度は私が紅葉さんを——天狗さまを、救いたい。

「祭りを成功させることじゃ。祭りにはご神体を移す神事も、天狗行列もある。祭りが無事におこなわれれば、人々の信仰の力で意識を取り戻すかもしれん」

「お祭りを……」

口の中でつぶやく。それなら、私にもできることがあるかもしれない。いや、きっと見つけてみせる。

手のひらをぐっと握りしめた私に琥珀が、「じゃが……」と言いながら眉尻を下げた。

「それだけでは、鬼に立ち向かう力は戻らないかもしれないのう……」


家に戻ると、紅葉さんは私が出かけたときと変わらない姿で眠っていた。

帰ったら目を覚ましているかも、いつものように笑いながら意地悪を言ってくれるかも――なんて、無駄だとわかっていても、そんなふうに期待するのを止められなかった。

「紅葉さん……」

布団のそばでひざをつき、そっとおでこに触れる。ちゃんとあたたかくて、それだけで涙がこぼれた。

鬼の手は、びっくりするくらい冷たかった。紅葉さんの体温を感じられること、人間と同じ部分があることにこんなにホッとするなんて。

「ぜったい、助けますからね」

夏祭りを成功させるだけではダメだ。また鬼が襲ってきたら、同じことになるかもしれない。お祭り以外にも、天狗さまの力が戻る方法を考えなきゃ。私にできることといったら、料理を作ることくらいだけど……。

「そうだ、料理！」

天狗さまの好きなすいとんを、食堂で振る舞ったらどうだろう。町おこしに使われていたから、町の人たちも天狗さまの好物だと知っている。夏祭りが近いから、と理由をつければ不自然ではない。

「よし……！　ほたる亭で、すいとんフェアをやろう……！」

夏にほかほかのすいとんなんて訴求力がないかもしれないけれど、そこをなんとか工夫してみよう。

やることが決まったら安心して、急激に眠気が襲ってきた。

紅葉さんを残して自分の部屋で休むのは心配だったので、同じ部屋に少し離して自分の布団を敷く。

「おやすみなさい。……天狗さま」

どうか、あなたの見ている夢が、安らかなものでありますように。

＊＊＊

「いらっしゃいませ！　ただいま満席ですので、こちらの席に座ってお待ちください」

すいとんフェアを始め、できるだけ多くの地区にチラシをポスティングした結果、食堂は大盛況だ。夏休み期間だったのも功を奏したのかもしれない。

すいとんは全部で三種類用意してある。オーソドックスなすいとんと、ポトフ風にした洋風すいとん、そして冷やしすいとんだ。北関東や埼玉では、キュウリやゴマを入れた味噌味の冷や汁にうどんを入れて食べる文化があるが、それをすいとんでやってみた。すいとん・うどん・冷やご飯をちょっとずつ盛って全部試せるようにしたら、これが大当たり。特に女性に大人気だ。

フェアメニューには、『天狗さまの大好物！』と銘打って、天狗のイラストも描いた。お客さまからはちょくちょく夏祭りの話題も聞こえてきて、天狗さまに対する関心が高まってきたのがわかる。

きっと普段の生活では、町の守り神が天狗さまだということを忘れてしまう。それを思い出すきっかけになってもらえれば、みんなが天狗さまの存在を思い出してくれれば、紅葉さんの力も少しは戻るのではないか。

そう考えて営業をがんばっていた数日後、奇跡は起きた。

「紅葉……さん？」

紅葉さんが、うっすらと目を開けたのだ。

「も、紅葉さん！　聞こえますか⁉」

涙まじりの私の声に、かすかに唇が動く。

「あっ、無理しないでください。お水……！」

ペットボトルに挿したストローをくわえさせると、紅葉さんの喉が動く。少量だが、飲めたようだ。

「よかった……」

必死で頭を上げようとしているので、背中を支えて上体を起こし、背もたれとしてクッションをいくつか積み上げる。

「この体勢だったら、食事も摂れるかな……？」

すいとんを持ってきて、スプーンを使って口元に運ぶと、ひとくちだけ食べてくれた。

「……うまい」

かすれた声でそうつぶやくと、紅葉さんは再びまぶたを閉じて眠りに落ちてしまった。

クッションをどけて、紅葉さんをもとのように布団に寝かせる。少しの時間だけでも目を覚ましてくれたということは、天狗さまの力が戻ってきているのだろうか。いや、そう信じてがんばるしかない。

それから私は毎日、紅葉さんにすいとんを作って食べさせることにした。食堂に来るあやかしたちも、紅葉さんの姿が見えないことを心配していた。ソウセキやカガミ、白雪や茶々丸には事情も話してある。みんな、紅葉さんの正体が天狗さまだったことにびっくりしていたけれど、それぞれ鬼のことを探ってみると約束してくれた。

少しずつではあるが、日ごとに紅葉さんの食べられる量も増えてきた。これはそろそろ、次の策に移るときかもしれない。

「え？　お祭りの準備をしている商店街の人たちに差し入れ？」

「うん」

食堂に来てくれた白雪と茶々丸に作戦を話すと、

「でも、その人たちってもめてるんでしょ？　部外者がそんなことして怒られたりしない？」

と心配された。

「怒られるかもしれないし、うまくいくかどうかもわからない。でも、おばあちゃんの言葉を思い出して、これしかないって思ったの」

「皐月の？」

『一緒にごはんを食べれば仲良くなれるし、おいしいものを食べれば幸せになれる』という祖母の言葉。私はおいしいごはんの力を、この町に来てから改めて実感していた。

ならば、もめているという商店街の人たちにこそ、おいしいごはんが必要なのではないか。みんなで一緒にごはんを食べることで、険悪な雰囲気を溶かせるのではないか。

そう考えたのだ。

「そうなのね……。だったら、止めないけど……」

「心配だから、オイラたちもついていっていいんだな？」

「あ、あたしも、そう言おうとしてたのよ！」

白雪が茶々丸をぺしぺしと叩く。いつも通りの二匹の様子に、張り詰めていた気持ちがほぐれた。

「ありがとう、心強いよ」

こんなに、ひとりじゃないことが心強かったことはない。今まで、あやかしたちを自分の料理で助けてきたと思っていた。でも、違った。この町に来たばかりで居場所のない、まだ溶け込めなかった私を最初に救ってくれたのは、あやかしたちと紅葉さんだったんだ。

助けているようで、助けられている。それは、信仰の気持ちで成り立っている、私たちと神さまの関係みたいだなと思った。いや、やっぱり人間同士も同じなのかもしれない。人間と、あやかしと、神さまに、本当は垣根なんてないんだ。同じ世界で生きているのだから。


そして、その日の夜。私はあやかしたちを伴って、商店街の詰所に出かけた。お祭りの準備は主に、平日の夜と土日におこなっているらしい。

白雪と茶々丸のほかにも、話を聞きつけたソウセキとカガミ、琥珀も来てくれた。両腕に重たい風呂敷包みをさげて商店街まで歩くと、詰所にともった提灯の明かりが見えてきた。

私が差し入れに行くということは、耕太さんを通して商店街の人に伝えてもらった。でも、どんな反応をされるかまだわからない。

明治時代からあるという、大きな屋根付きの木門から、こっそり中を覗いてみる。小屋ほどの大きさの集会所には電気がついていて、広い庭には作りかけの山車が置いてあった。三十代から五十代くらいの男性が十数人いて、それぞれ作業をしていたが、会話がない。まるで、なるべく顔を見合わせないように仕事をしているみたいだ。時折、大きなため息や舌打ちが聞こえて、暗くどんよりした空気が見えるようだった。

「うわあ……。険悪な雰囲気ね」

「吾輩だったら、こんなところにいたくないニャ……」

「これから入るのに、そんなこと言うんじゃないやい！」

白雪、ソウセキ、カガミがもめている間に、茶々丸がするりとその横を通りぬけた。

「じゃあ、オイラから行くんだな」

「ちょっと、ぬけがけはずるいわよ！」

「ああっ、吾輩も行くニャン！」

門のところであやかしたちがこんなに騒いでいるのに、だれも気づかないなんて不思議な光景だ。

「ほら、なつめも来なさいよ！」

山車の近くまで進んで、白雪が手招きする。

「なつめ、歓迎されぬようだったら無理するでないぞ。いざとなったらわしが人間の姿になって……」

「大丈夫だよ、琥珀。みんながついているもの」

意外と過保護なお狐さまに笑顔を作って、「よし！」とそのまま一歩踏み出す。

「こんばんは、ほたる亭です！　お食事の差し入れに来ました！　お祭りの準備、お疲れさまです！」

緩慢な動作で、こちらを見る男性たち。

「ああ……、ご苦労さま。そこに置いておいて」

「……代金はどうするんだ？」

興味がないどころか、『面倒ごとが増えたな』という感情が透けて見える。

「ひどい態度じゃな」

「ちょっと、いくらなんでも失礼じゃない⁉」

琥珀が目を細め、白雪が地団駄を踏んでいる。けれど、めげるわけにはいかない。

「代金はいいです、差し入れなので。あと、すいとんの鍋を持って帰りたいので、今よそっちゃっていいですか？」

「あ、ああ……」

冷たい態度を取られたのに、ずんずん進んで簡易テーブルに風呂敷包みを置く私を、珍獣を見るような目でみんなが見ている。

ひとつの包みは、すいとんを入れたお鍋。もうひとつは、保存容器と紙皿だ。中身は、いなり寿司、キュウリの一本漬け、ゆでトウモロコシというおなじみのラインナップ。

「はいどうぞ。あったかいうちに召し上がってください」

紙の器に入れたすいとんと割り箸を、全員に配っていく。

「あ、ああ……」

作業を無理やり中断されたかたちの男性たちも、戸惑いながらも受け取り、テーブルの周りに集まりパイプ椅子に座ってくれる。

紙皿にいなり寿司と一本漬け、トウモロコシを盛り、すかさずテーブルに並べていく。

「こちらも好きなだけ取ってくださいね！　地元の農家の方が作ったキュウリとトウモロコシですよ！　差し入れの件を話したら、無償で提供してくださったんです」

相変わらず会話はないが、徐々にみんながお箸を手に取り、食べ始めてくれる。

「……お、うまいな、すいとん」

「昔ばーちゃんが作ってくれたのを思い出すな」

「あ、お前んちのばーちゃんにすいとんごちそうになったこと、俺もあったな」

「ああー、小学生のときな」

すいとんをきっかけに、今まで無言だった男性たちの間に会話が広がっていく。

「このすいとんも、祖母が作ってくれた味を参考にしてるんですよ。小さいころ、天狗さまの好物だって知ってから私も好きになって……」

さりげなく天狗さまの話を振ると、みんなうんうんとうなずいてくれる。

「そういえば、そんな話もあったなあ」

さっきまでこわばっていた人たちの表情が、ゆるんでいる。これは、『おいしいものをみんなで食べたときの顔』だ。

「あの…、お祭りの準備、本当にありがとうございます。私、小さいころからこの町のお祭りが大好きで……。毎年夏休みに祖母の家に泊まりに来て、お祭りに行くのが楽しみだったんです」

「姉ちゃん、天久町の人じゃないんけ？」

少し驚いたように、みんなが顔を上げた。

「あ、はい。祖母の家と店を継ぐのに、最近天久町に住み始めたんです」

「若い人は出ていくばかりなのに、珍しいなあ」

そこから若い人たちの話題が中心になり、最近どこどこのせがれが同級生と結婚した、という話になる。

「やっぱり、同級生同士で結婚って、多いんですか？」

「いや、多くはねえなあ。学年でひと組いるかどうかで。でも、町内での結婚はまあまあるんじゃねえかな。先輩後輩だったり、違う中学だったりで」

「なるほど……」

幼なじみで結婚、って少女漫画ではよくあるけれど、現実ではそこそこレアなのか。

「姉ちゃんは、こっちに来て仲良くなった男とかいないんけ？」

「わ、私ですか？」

急に水を向けられてびくっとする。なんて返そうか考えているうちに、食べ物を口に運ぶ手を止めて、全員がこちらを見ていた。

「ええっと……。そういう人は、いないですけど……」

そもそも、知り合った同じ年頃の男性が、耕太さんと紅葉さんくらいなのだ。

「でもあの、私の初恋も夏祭りで出会った人なんです。迷子になっていたところを助けてくれて……。名前もわからないし、顔もよく覚えていないんですけど……。でも、すごく大切な思い出なんです」

なんか、こう改まって話すのは恥ずかしい。もじもじと手を組みながらうつむくと、いちばんそばで聞いていた男性が、「あ、甘酸っぺえなぁ！」と叫んで顔を押さえた。

「今でも覚えてるなんて、いい話じゃねえか」

「そうだなあ。俺らで捜してやりたいけど、名前も顔もわからないんじゃ難しいなあ」

「いえ、それは大丈夫です！　なんとなく、『この人じゃないのかな』って思う人に、出会えたので……」

両手をぶんぶんと振って遠慮すると、「おおっ」という顔をして近くの人が前のめりになった。

「おっ、そうなのか？　この町のやつか？」

「町の人っていうか……。まあそうなるの、かな……？」

「そうかそうか。まだ付き合ってはないんだろ？　がんばれよ、姉ちゃん」

「は、はい」

なにをどうがんばればいいのかわからないが、とりあえずうなずいておく。

「そういえば、お盆の天気はどうなりそうだ？」

「まだわかんねえよ、一週間前にならないと」

「でもまあ、晴れって予報でも雨になるんじゃないか？　毎年そうだっぺよ」

お祭りが中止にならない程度の、ほんの短時間の小雨。もしくは山車が引き払って、屋台も店じまいするころに降り出す雨。そんな、少し空気を湿らせるくらいの雨が、夏祭りの定番だ。

「そういえば昔、『どうしてお祭りの日は毎年雨が降るの？』って、祖母にたずねてみたことがあったんです」

雨が降ることを煙たく感じていそうな男性たちの前で、思い出話をする。

「そうしたら祖母が、『天狗さまは火防の神さまだから、自分がお祭りに来ている間に山が火事にならないか心配で、雨を降らせているんだよ』って教えてくれて」

「え、そんな言い伝えがあったのかい？　知らなかったな」

「祖母が勝手にそう解釈していたのかもしれませんが……。私は本当だと思っています。天狗さまは、この町が大好きですから」

『この町は、いい町だ』と言っていた紅葉さんの表情を思い出すと、私の頰もほころぶ。

もしかしたら、祖母は紅葉さんの正体に気づいていたのかもしれない。天狗さまの話をするときに『会ったことのない神さま』ではなく、もっと近しい人を思い浮かべて話しているような、そんな気持ちがしたから。

「ご神体を山からこっちの神社に移すから、余計に心配なのかもしれねえなあ」

「神さまも意外と心配性なんだなあ。天狗ってもっと、おっかないイメージだったけど」

「そうですよね。赤くて、鼻が長くて、あのお面のイメージそのままだと思いますよね」

実際は、天狗のお面とはかけ離れた、キレイな顔をした男の人だった。意地悪だけど、ゼリーやすいとんが好きで、町のことを語るときは優しい顔をする、すごく人間味のある天狗さま。

「私、このお祭りって、もちろん町の人たちのためにあるんだと思うんですが……、天狗さまのためのお祭りだとも思うんです。いつも私たちを見守ってくれている天狗さまに、『私たちはこんなに元気だよ。だから安心して楽しんでいってね』って感謝の気持ちを伝える日っていうか……。本当だったら、ご神体を移す神事だけでも問題ないはずなのに、どうしてお祭りをやって、天狗行列もやるのかなって考えたら、そういう結論になって……。もちろん、昔の人がどう考えていたかは、わかりませんが」

私に視線を向けていた男性たちが一様に、きょとんとした顔をして固まっている。

「え……？　あ、あの……」

なにが起こったのかわからなくておろおろしていたら、琥珀が私の隣に来てささやいた。

「なつめ。……さっきの言葉で、この者たちにまとわりついていた悪い気が消えたわい」

「え……っ？」

『悪い気』って、琥珀の説明だと、鬼が増殖するように仕掛けたものだったはず。そのせいで、紅葉さんの力が弱まっていて……。でも、それが、私の言葉で消えたって、どういうことだろう。

戸惑う私をよそに、きょとんとしていた彼らは、納得したようにうなずいている。

「そうだよな……。この祭りって、自分たちの自己満足のためにやってるんじゃないんだよな」

「なんで俺たちばっかり苦労しなきゃなんないんだって、思ってたけど……。それは俺たちがやる意味が、あるからなんだよな」

「なんで俺ら、どうでもいいことでもめてたんだろう」

もめていた最初の原因は、ささいな言い争いだったそうだ。今では、原因も思い出せないようなこと。それなのにその一件で空気が悪くなって、それがだんだん全員に伝播していって……。だれかが少しミスをしただけでもケンカに発展するような、ピリピリした空気になっていた。

それが今は、全員がさっぱりした表情で、お互い顔を見合わせている。

「なんか憑き物が落ちたみたいだな」

「そうだな。肩が軽いというか」

「うまいものを食ったせいかな？」

「いや、姉ちゃんの話を聞いたからじゃねえか？　俺たちが忘れていた感覚を、思い出させてくれたっていうか」

「え、わ、私ですか？」

おいしいものをみんなで食べることで、雰囲気が少しでもよくならないかな、と思った。でも、私の話にみんなが耳を傾けて、考え方を変えてくれるなんて、予想外だ。

「なつめ、今の言葉が正解だと思うぞ。なつめの純粋な、天狗と夏祭りへの思いが、この者たちの心を動かしたんじゃ。……鬼の呪いを、振り払うほどにな」

そう言って、琥珀が私のひざにぽんと乗る。いつの間にか、あやかしたちもみんな私の周りに集まっていた。

「……もしそうだとしたら、すごくうれしい」

紅葉さんの役に立てたことも、天狗さまへの思いがほかの人にも届いたことも、ぜんぶ。

でも、これで紅葉さんを弱らせていた悪い気が晴れたってことは——。

「わ、私、そろそろ帰らないと！」

急に立ち上がって、バタバタと荷物をまとめ始めた私を、男性のひとりが手で制する。

「あ、いいよいいよ。歩きで来たんだろ？　あとで車で、食堂まで持っていってやるよ」

「え、でも……」

「姉ちゃん、よくこんな重い鍋持ってきたなあ。ここは俺らに甘えとけ。ほら、まだ中身残ってるぶん、キレイに食べたいからよ」

「そうだそうだ」「まだ食べ足りないぞ」と笑いながらヤジが飛んでくる。

その優しさに感謝して、私はまだいなり寿司やトウモロコシが入っている保存容器も、お鍋も置いていくことにした。

「ありがとうございます、よろしくお願いします！」

頭を下げて詰所の門を出ると、全速力で走る。荷物を預けてきてよかった、と心底思った。

「なつめ、そんなに急ぐと転ぶわよ！」

「足下が暗いから、気をつけるんだな」

「よし、わしが先に走って狐火で照らそう」

琥珀のしっぽが明るく光って、前を照らしてくれる。

早く、早く、紅葉さんに会いたい。目が開いている姿が見たい。その声が聞きたい。

やっと家が見えてきて、もどかしい気持ちで玄関の鍵を開ける。

靴を放り投げるように脱ぎ、どたどたと廊下を走る。布団の敷いてある部屋の襖を開けると、起き上がり、両手を着物の袖に入れた紅葉さんがかすかに笑みを浮かべて私を
「紅葉さん……っ！」

見ていた。

「……なつめ」

「紅葉さん……」

前髪が汗でおでこに貼り付いているし、息もはぁはぁと荒くて、今の私はきっとひどい姿をしている。でもそんなこと考える間もなく、私の足は震えながら紅葉さんに近づいていた。

「よ、よかった、本当に……。も、紅葉さんが、助かってくれて……」

今まで張り詰めていたものがゆるんだのか、唇も声も震えて、涙がこぼれそうになる。でも、涙が頬に落ちる一瞬前に、私は紅葉さんに抱きしめられていた。

「も、紅葉さん？」

「動くな。じっとしていろ」

かすれた声ではなくて、いつもの低くて甘い声。頭を押しつけられた胸元からは、どくんどくん……と鼓動の音がする。紅葉さんの、生きている音。

じっとしていろと言われても、私の心臓はばくばく暴れているし、顔も熱くて沸騰しそうだ。

平常心を保っているのがただでさえ大変なのに、紅葉さんは触れそうなくらい近くまで、私の耳元に唇を近づけてささやいた。

「ありがとう、なつめ」

その優しい響きを聞いたとき、私の頭の中には十数年前の夏祭りの風景が広がっていた。

そうだ、初恋の人を女性だと思ったのは、髪の毛が長くて着物姿だったからだけじゃない。その人が、今まで見たことのないくらい、キレイな人だったからだ。

指切りの約束をしたあと、その人はかがんで私を抱き寄せて、優しい声でこう言ったんだ。

『ありがとう、なつめ』――って。

「やっぱり、紅葉さんが、あのときの……」

「やっと思い出したか」

紅葉さんは私を抱きしめていた腕を放すと、袂《たもと》から小さな巾着袋を出す。以前河原で私が拾った、あの小袋だ。中身を手のひらに出すと、見覚えのある、赤い石のついたおもちゃの指輪があった。

「あっ、それ……！」

「お前が求婚の証《あかし》にくれたものだろう。大きくなっても覚えていたらと返事をしたが、その約束はまだ健在か？」

「え、えっと……」

「あのとき、私がどれだけうれしかったかわかるか？　神ではなく、ひとりの男として見てもらったのは初めてだった。私はあの日からずっと、お前のことしか見ていない」

手を引き寄せられ、その甲に口づけされる。

口づけされたその場所から、熱がじわじわと広がり、胸がきゅんきゅんと痛くなる。

私が、紅葉さんにただの人間でいてほしかったのは、私が紅葉さんに惹かれていることを、心の奥底で自覚していたからなんだ――。

でも、もう遅い。

どれだけ隠していた気持ちでも、こんなにまっすぐな言葉の前では、意味がない。あふれるように、こぼれるように、心から出てきてしまう。

「私も、ずっとずっと、覚えていました。あの日助けてくれた、紅葉さんのこと――」

天狗さまに恋をするなんて、これからどうなるかなんて、わからない。でもこの瞬間、自分の気持ちに嘘はつけなかった。

自分から紅葉さんの腰に両腕を回すと、紅葉さんは一瞬息をのんだ。

「なつめ……」

ふっと息をついたあと、頭をなでてくれる手。それがあまりにも、大切なものに触れるような手つきだから、私の胸はまた震える。

「なつめ。お前はもう、私の正体も、自分を襲った者の正体も、わかっているんだな？」

しばらく無言で抱き合ったあと身体を離し、紅葉さんは厳しい声でそう問いかけた。

うなずくと、紅葉さんは両手で包むように私の手を取り、まっすぐな視線を向けた。

「私はあいつと決着をつけなければいけない。この天久町を、守るために」

# 六品目 鬼とすいとん

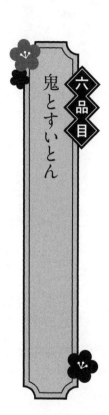

空気を読んで庭先で待っていてくれたソウセキとカガミ、白雪と茶々丸と琥珀を家に上げる。

茶の間でちゃぶ台を囲み、みんなで紅葉さんの話を聞くことになった。なんと、座敷童の蛍ちゃんも、部屋の隅にひっそり座っている。

「まさか、紅葉が天狗さまだったなんて驚きニャ」

「バカ！　ソウセキ、この人はオイラたちとは違うんだから、紅葉だなんて呼んじゃダメだぞ」

カガミがソウセキをたしなめると、ぴりっとした空気が流れてみんなが一斉に背筋を伸ばした。

紅葉さんはそんな私たちを見て苦笑し、自ら率先して姿勢を崩す。

「そんなにかしこまらなくても、今まで通りでよい。特別扱いされるのが嫌で、正体を隠していたのだからな」

今までと変わらない口調と表情で、紅葉さんが告げる。『人間として人と触れ合いたかったのかも』という琥珀の予想は当たっていたことになる。

「……なつめのごはんが食べたいからじゃ、ないのね」

「し、白雪は恐れを知らないんだな」

「お前たち、神を敬う気持ちが少しでもあるなら、わしに対する態度をもうちょっとじゃな……」

「琥珀と紅葉は全然違うでしょ！」

うどんトリオの漫才？　のおかげで、場が少しなごんだ。

そうして、私が家にあるコップを総動員して、全員ぶんの麦茶を配り終えるころ、紅葉さんの話は始まった。

「何百年も昔のことだ。かつては私と鬼のふたりが土地神として、この町を守っていた」

「鬼も、土地神さまだったんですか……!?」

意外な事実に声が大きくなる。紅葉さんはうなずいた。

「そうだ。まだこの町が、城下町として栄える前……。山あいの小さな集落だったころの話だ。我々は最初は一介のあやかしだったが、力を持ち、この地のあやかしたちを束ねているうちに、土地神の神力が宿るようになった」

天久町が城下町として栄えたのは、江戸時代のころだ。それよりもずっと前から、紅葉さんはこの土地を守っていたんだ。私には想像もつかないくらい長い時間を、神さまとして生きてきた。

「最初は協力して土地を治めていたのだが、だんだんと意見が分かれるようになってな。

私は土地神として、『人々のありのままの姿を見守るべきだ』と思っていたのだが、あいつはそれだけでは満足しなかった。『もっと力を誇示して人々に恐れられ、力を増すべきだ』と考えるようになった。知っていると思うが、神は人々の信仰によって力を増す。それが恐れであってもだ」

深刻な話なのに、そのころから紅葉さんは、今の紅葉さんだったんだなあと、うれしくなってしまう。

「鬼は私の制止を聞かず、人間に対して悪事を働くようになった。確かに私たちの力は増したが、町の空気はよどみ、人々は怯え暮らすようになったんだ」

話す紅葉さんの眉間にも、深いシワが寄る。

「もはやだれの声も耳に届かなくなっていた鬼を、私は倒すと決めた。強さが拮抗していたため完全に倒すことはできなかったが、なんとか鬼を封印することができた。そうして私はその功績をたたえられ、山の上の神社に祀られることになった」

それがあの神社の始まりだったんだ……と、なんだか町の歴史を追っている気持ちになる。

「私はずっと封印した鬼を監視してきたのだが……、ここ最近、人間の信仰心が薄れてきたため、私の力が弱まったことで封印の力も弱くなり、鬼が外に出てしまった。もとは同じあやかしなのに、私は神として崇められ、自分は悪い鬼として恐れられ、みなから忘れられ……。そうなった原因の私と、この町の人間たちを、あいつは恨んでいる。私を倒して、自分がこの町の神に成り代わろうと画策しているのだ」

「そんな……！」

もしそうなったら、また恐怖政治よろしく、町の人たちを恐れで支配するに違いない。そんな策略は、絶対に止めなければ。

「ソウセキの頭の中に語りかけて猫又にしたのも、カガミの魔が差したのも、白ヘビをけしかけたのも、鬼のしわざだ。もちろん、商店街の人たちの悪意を増殖させ、祭りの準備の邪魔をしたのもな」

「ニャッ……！　あの声、鬼だったニャン!?　吾輩を猫又にして、どうしようとしてたんだニャ？」

ソウセキは驚きのあまり前足を上げて目を丸くした。

「おそらく、死にたくないと願っていたソウセキを、人に恨みを持っているのだと勘違いしたんだろうな。それで、猫又にすれば人間に悪事を働くと考えた」

「わ、吾輩、そんなことしないニャ！」

「そうだな。そこが誤算だった」

紅葉さんがにやりと笑う。

「お、オイラが蓮くんにキュウリのいたずらをしたのも、鬼のせいだったのか……」

「そうだな。『こんなことをしたら驚くだろう』と想像するくらいの気持ちだったのが、その好奇心に目をつけられ、そそのかされたんだ」

でも、ソウセキもカガミも、鬼の思うようにはならなかった。鬼はこの町の人とあやかしを甘く見ていた。鬼の悪知恵なんて自分たちの努力で吹き飛ばせる力を、みんなは持っていたんだ。

「公園にいたのは、白ヘビをけしかけたのがあの鬼だったからなんですね」

私は、ぎゅっと唇をかむ。

慎重に考えればわかることだったのに、私はあろうことか、鬼をお客さまと勘違いして声をかけてしまった。そのせいで紅葉さんを苦しめたことが、今でも悔やまれる。

「そうだ。人間や動物、自分よりも力のないあやかしに対して、恐怖心や猜疑心など、悪い心を植え付けることができる。それが、あの鬼の力だ」

警戒心を覚えたヘビはなにもしていない人間を襲おうとするし、それはなかば、人を操ることと変わりない。今までがうまく回避できていただけで、使いようによっては町全体に混乱を招く、おそろしい力だ。そんな術に自分や周りの人がかかったら……。想像するだけで怖い。険しい顔の紅葉さんも、同じことを考えているはず。

「商店街の人々に仕掛けていた術が消えて、あいつはあわてているはずだ。次は直接私を狙いに来る。早ければ——今夜中にでも仕掛けてくるだろう」

どきりと心臓が鳴り、背筋が寒くなる。また、紅葉さんが危険にさらされるのを、黙って見ていなければいけないなんて。

「せめて、そばについていてもいいですか？　——なにもできないですけど」

「ダメだ。安全なところに隠れていろ」

紅葉さんは、怖い顔で私をにらむ。

「で、でも……。隠れていても、また襲われるかもしれないし、だったら紅葉さんと一緒にいたほうが、むしろ安全だと思うんですけど」

「なつめ……。屁理屈をこねるな。私はお前を、危険にさらしたくはない」

「そんなの、私だって一緒です。私だって、紅葉さんが危険な目にあうのは嫌です！」

「なつめ……」

困った顔で見つめられると、ぐっと言葉につまってしまう。こんな顔させたいわけじゃない。でも——。

すると、白雪たちがずいっと紅葉さんの前に進み出た。

「あたしからもお願い！　あたしたちも、紅葉と一緒にいさせて！」

「オイラもなんだな」

「この町にはおばあちゃんがいるニャ。吾輩も守りたいニャ」

「蓮くんや、仲間たちが住む町が大変なのに、オイラだけぼけっとなんてしてられないぞ」

「お前たち……」

みんなの援護射撃に、紅葉さんは戸惑っている。そして、琥珀がとどめを刺した。

「この町が大切な気持ちはみんな同じじゃ。紅葉どの、みなの願いを聞いてはくれないかの。わしも、みなに危険が及ばぬよう力を貸そう」

「この家と店のことは……、まかせて。私が守ってる」

今まで黙っていた蛍ちゃんも、小さな声でつぶやく。

腕を組んで考えこんでいた紅葉さんが小さくため息をつき、とうとう折れた。

「……わかった。その代わり、隅でじっとしているんだぞ。琥珀どのは、鬼に狙われぬよう周りに結界を張ってくれ」

「あいわかった」

こうして、私たちは全員で、紅葉さんと鬼の戦いを見守ることになった。私は夜食を大量に作り、紅葉さんとあやかしたちは身体を休めて、そのときを待つ。

そして、午前二時。月も雲に隠れた真っ暗闇の庭先で、紅葉さんは軽くヤツデを振った。すると、着物が山伏の服に変わり、その背中からは真っ黒な羽が生える。手には、しゃんしゃんと音をたてる錫杖《しゃくじょう》が握られていた。

「あ、ああ……」

なにも明かりがなくても、はっきりと見えるその姿に、周囲は凜とした神聖な空気に包まれる。ほどけた髪の毛は背中全体を覆い、紅葉さんは本当に天狗で神さまなのだと実感した。人間とは――私とは、違うのだと。

「なつめ。なんて顔をしている」

「うむっ」

じっと見ていたら、紅葉さんがこちらにつかつかと寄ってきて、私のほっぺたを両手でつぶすように挟んだ。

「どうせ、初めて天狗の姿を見て、自分とは違うだのなんだのと考えて落ち込んでいたのだろう」

「う……」

お見通しすぎて、なにも言えない。泣きそうになって目を逸らしたら、顔を挟んだまま無理やり前を向かされた。

「今までお前はほたる亭で、なにを見てきたんだ。皐月から、あやかしたちから、なにを学んだ？　人間も、あやかしも、神だって同じだということじゃないのか」

私は、ハッとなって紅葉さんの目を見る。黒曜石みたいにキレイな瞳。

『なつめ、あやかしも人も同じなんだよ。好き嫌いも、食べられないものもあるし、お腹がすくと力が出ない。一緒にごはんを食べれば仲良くなれるのも、おいしいものを食べれば幸せになれるのも、おんなじだよ』

この祖母の言葉が本当だって、私はあやかしとこの町の人から教えてもらったんじゃなかったのか。

さっき触れた紅葉さんの手はあたたかくて、抱きしめられると心臓の音がした。

そうだ、なにも変わらない。この人は町を守る天狗さまだけど、意地悪で、ちょっと食いしん坊で、意外とロマンチストな、ただの『紅葉さん』なんだ。

「やっと、わかったようだな」

「……はい」

微笑みを返すと、紅葉さんは安心したように私の髪に触れた。

「なつめ。鬼との戦いが終わったら――」

紅葉さんがなにか言いかけたそのとき、急にぞっとするような寒さに襲われた。なんだろう、この、不安な気持ちは――。

「鬼が来る。なつめ、琥珀どの、みなを連れて庭の端へ」

「は、はいっ」

庭にある植木の近くで、みんなと身体を寄せ合う。琥珀が結界を張ってくれたらしく、目には見えないけれど寒さと不安はなくなった。

「――来たな」

普段はお客さま用の駐車場にもなっている、家と食堂の間の広い空間。その場所の景色が一部、ゆらりと揺れたと思うと、青白く発光した鬼が立っていた。

平安装束のような、白い和服。長くて白い髪に、ぎらりと光る赤い瞳。

「この前は、久方ぶりの再会だというのに、ずいぶんな歓迎の仕方だったな……紅葉」

音もなくすっと、紅葉さんに近づく鬼。ふたりの間の空気が緊張しているのがわかる。

「その名前を、お前が呼ぶのか」

「そうだ。我は封印されたのに、お前だけ祀られ、名前を与えられた。それまで守ってやった感謝も忘れてな」

赤い瞳が燃えるように濃さを増すと共に、頭から二本の角がずず……と生えてくる。

この角は、感情が引き金になって現れるのだろうか。そう気づくくらい、鬼の怒りの感情が痛いくらい突き刺さってくる。

「お前がやったのは、町の人を守るという行為ではない。恐怖で押さえつけて意のままに操る……ただの支配だ」

紅葉さんは、錫杖を前に突き出して告げる。鬼がぎりっと歯ぎしりをしたのがわかった。

「こしゃくなことを！」

鬼が爪を振り上げ、紅葉さんに襲いかかった。紅葉さんは鬼の爪を錫杖で受け止める。空中に飛び上がり、鬼が黒い気のかたまりを打つ。これがおそらく『悪い気』というものだろう。紅葉さんは、それをヤツデの風で打ち消した。

その後も、鬼の攻撃と紅葉さんの受け身が続く。紅葉さんは攻撃方法がないのか、それとも鬼の力のほうが勝っているのか、防戦一方だ。

「どうしよう、このままじゃ……！」

紅葉さんの体力が切れたとき、とどめをさされて終わってしまうのでは、という不安が胸をよぎる。

あやかしたちも不安は同じようで、みなひとことも話さず、ハラハラと戦いを見つめていた。

「なつめ、ごめんニャン。吾輩やっぱり、見ているだけなんてできないニャン」

「え、ソウセキ……⁉」

ソウセキはそう告げると、「ニャーン！」と鳴きながら紅葉さんと鬼に向かって全力疾走した。そして、「猫パンチ！」と言いながら鬼の顔をひっかく。

「くっ……」

鬼の頬にはくっきり三本、ソウセキの爪のあとが残っている。しかしソウセキは、鬼に振り払われて地面に叩きつけられた。

「ソウセキ！」

「ダメじゃ、なつめ！」

思わず飛び出そうとした私の手を、琥珀がつかむ。

「で、でも……！」

地面に倒れてしっぽをかすかに動かしているソウセキが、心配でたまらない。

「大丈夫じゃ。ソウセキの一撃で集中力が切れたのか、今は鬼のほうが防戦しておる。ソウセキにかまっている暇はないはずじゃ」

確かに、今は紅葉さんの錫杖での攻撃を、鬼が防いでいた。

「う、うん……。あれっ、カガミは？」

そんな会話をしていると、カガミの姿が消えていることに気づく。

「あっ、あれ！　なつめ、屋根の上を見て！」

白雪が、家の屋根を指さす。そこには、いつの間に上ったのか、瓦の上で仁王立ちしているカガミがいた。

「な、なにをやっておるんじゃ、あのバカ」

琥珀も私も、呆然とそれを見上げる。

「鬼！　オイラが相手だ！　受け止められるなら、受け止めてみやがれ！」

カガミは足で屋根を蹴ると、飛び込みの要領で鬼めがけて突っ込んでいった。

「河童アタ━ック！」

「な、なに？」

やっとカガミに気づいた鬼の頭と、カガミのお皿が激突する。ごちん！　という痛そうな音が響いて、カガミはその場にぽとりと落ちた。

「く……っ」

鬼は額を押さえてよろめいている。

「あ、あたしも、月兎の意地を見せてやるんだから！」

「オイラも行くんだな！」

白雪はどこからか大きな杵《きね》を出し、茶々丸も茶釜から湯気を出して鬼のもとへ飛び込んでいった。

「みんな、ダメっ！」

止める間もなく、白雪と茶々丸は鬼に殴りかかり、倒れていたソウセキとカガミも加わって、もはや混戦状態になっていた。

紅葉さんも、みんなも、鬼も、傷だらけになっていく。

「そんな……。紅葉さん……、みんな……！」

私が見たかったのは、こんなふうに戦う天狗さまじゃない。本当に、鬼とはわかりあえないの？　また倒して、封印するしかないの？　紅葉さんとみんなをボロボロにして、また同じことを繰り返すの？

「こんなの……、絶対間違ってる！」

「なつめ！　どこへ行くんじゃ！」

琥珀の制止を振り切って、私は靴をはいたまま家に駆け込む。転びそうになりながら向かったのは、台所だ。そこにあるお鍋と、大量の食器を腕で抱える。

「な、なつめ！　なにをするつもりなんじゃ」

玄関から出ると、琥珀はあっけにとられた顔をしていた。

「お願い、琥珀。止めないで」

「な、なんじゃと……？」

私が見逃している間に、形勢はすっかり紅葉さんが優勢になっていた。疲れ切った鬼はひざをつき、そこに紅葉さんが錫杖を振り上げようとしている。

「終わりだ、鬼」

「くそっ……。ここまでか……！」

「ちょっと待ったー！」

張り詰めた空気のふたりの間に、お鍋を抱えた私が割り込む。

「なっ……！　なつめ、なにをしているんだ！　危ないから早く下がれ！」

紅葉さんはあわてて、自分の身体で隠すようにして私を鬼からかばう。その行動に胸がキュンとしながらも、私は身をよじった。

「嫌です！　だってみんな、傷ついているんだもの！　そういうときはですね、おいしいものを食べるのがいちばんなんですから！」

紅葉さんの腕から抜け出してお鍋のふたを開け、中身を茶碗によそう。

「はい、紅葉さん。食べてください。ずいぶん動いたから、疲れたでしょう」

「これは、すいとんか……?」

あっけにとられながらも紅葉さんは、ヤツデを帯に差してすいとんを受け取ってくれた。

「あったかいうちに食べてくださいね。はい、みんなも」

あやかしたちにも、あったかいすいとんを配っていく。みんな、『なにが起きているのかわからない』という顔でぽかんとしていた。

「はい、鬼さんも」

ほかほか湯気をたてるお椀を鬼に渡そうとすると、血のような赤い目を見開かれた。

「……なぜ我に」

「あなたも、昔はこの町を守ってくれていたんでしょう? だから、当時の人たちに代わってお礼したくて。はい、遠慮せず食べてください」

無理やり押しつけるようにしてお椀を渡す。

鬼はふらふらとした様子で庭の端へ行き、腰を下ろした。しばらくお椀の中身を凝視していたが、やっと箸を取って食べ始める。

すると、紅葉さんも横に並んで、一緒にすいとんを食べ始めた。今まで戦っていた相手が並んで、無言で食事をしているというのは、ちょっと異様な光景だった。

「ほら、みんなも食べて。ほかにも夜食、いろいろ作ってあげたんだから」

あやかしたちも難しいことを考えるのをやめ、各々好きな場所ですいとんを食べ始めた。私は庭の真ん中にお鍋を運んで、食べ終わったあやかしにおかわりをよそってあげる。雲に隠された月も出てきて、目も慣れたせいか今までより夜闇がずっと明るく感じた。

ふと紅葉さんたちのほうを見ると、会話が聞こえてきた。

「なんだか、続きをする気がなくなった。どうする、鬼」

口の端を持ち上げながら、紅葉さんが鬼に問う。鬼は答えず、かきこむようにしてすいとんを完食した。

「うまいだろう、なつめのすいとんは」

「ああ、うまい」

表情が穏やかで、ふたりの間に、かつて友だったときの空気が流れているようだった。

「……天狗よ。昔も今も、我は間違っていたのかもしれぬ」

空になったお椀を見つめて、鬼がぽつりともらす。

「力を誇示し、恐れられる神に、と考えていた我には、こんな言葉をかけてくれる人間はいなかった。人間から食べ物をもらったのなど、初めてだ」

紅葉さんはうなずき、夜空を仰いだ。

「人間もあやかしも神も、お互いに助け合っているという意味では変わらない。私たち神も、人がいなければ力を保てない。みんな同じだということを、なつめは教えてくれた」

すごくいいことを言っている紅葉さん。これは、いい流れが来ているような……。

「そうか。やはり我は、お前にはかなわないようだ」

鬼が微笑む。私は期待を込めながら、ふたりを見つめていた。

「それに最後に気づけただけでもよかった。早く封印してくれ」

なんでそうなる!?

紅葉さんも「ああ」とうなずいて錫杖を構えているし。違う、そうじゃない。私が望んでいたことは、鬼に最後のごはんをおいしく食べてほしいとか、そういうことじゃなくて……。

ふたりに駆け寄り、紅葉さんの錫杖を手で押さえる。

「ま、待ってください！　あの、鬼さんは悪いあやかしじゃなくて、また町を守る土地神さまになれれば、封印しなくてもすむんじゃないですか？」

急に割って入った私にふたりはぎょっとしていたが、紅葉さんは身体を引きながらも冷静に説明をしてくれた。

「まあ、そうだが……。でもこいつは、長い年月を恨みの中で過ごしたため、神気が穢《けが》されてしまっている。このままでは神にはなれない」

「神さまは、信仰によって力を得るんですよね。じゃあ、私が鬼さんを信仰します。庭にお社を建てて、氏神さまとして祀ります」

「なんだと……？　正気か？」

鬼が目を見開いて私を見つめる横で、紅葉さんが手をぽんと叩いた。

「なるほど、その手があったか」

「今は天狗さまが神社に祀られて、お祭りでも天狗行列があるけれど、時間と共に変わっていくのではないですか？　私、この町にもうひとりの神さまがいることを町の人に話していきます。そうして話が伝わっていったら、千年後にはお祭りは、天狗と鬼の行列になっているかも」

天狗と、鬼。ふたりで町を見守っていくこと。昔はできなかったそれが、心が通じ合った今ならできるのではないだろうか。

「千年、か……。我とお前がただのあやかしとして生を受けたのも、そのくらい昔だったな、天狗」

「そうだったな。あのころは、お前とふたり野山をかけまわっていた。町を守るなんて大それたことは考えていなかったけれど、生まれ育ったこの土地を愛していた」

紅葉さんと鬼は、夜空を見上げた。私も同じようにすると、そこには満天の星が広がっていた。街の明かりはないけれど、代わりに見える光もある。

「確かに、この世は千年前とまったく違う。しかし、変わらぬものもあるのだな」

鬼は私に向き直り、表情を引き締める。

「なつめ、と言ったか。ここはひとつ、お前を信じてこの身を託してみることにしよう」

「……はい！」

「お前のようなおもしろい人間は、千年見ていても飽きなそうだ」

「……はい？」

こうして、天狗と鬼の長い戦いは、すいとんによって救われ、幕を閉じたのだった。

＊　＊　＊

今日は、夏祭りの最終日。今年は祖母の新盆で忙しかったため、食堂はお盆休みにしていたが、夜は特別に店を開けている。お祭りを歩くのに疲れた紅葉さんが、涼みに来るからだ。

「なつめ、土産だ」

紺色の着物を着て髪を束ねた、見慣れた姿の紅葉さんが、店に入ってくるなり綿菓子を渡してきた。

「わ、ありがとうございます」

私は一日目の天狗行列を紅葉さんとふたりで見て、昨日はあやかしたちと山車を見にいった。天狗さまが隣にいるのに天狗行列を見るというのも変な感じだったが、初めてのデートは楽しかった。

「今日も、もう少ししたら帰りの天狗行列ですね」

もしかしたらまた誘ってもらえるかも、と私は今日も浴衣を着ていた。おととい紅葉さんが褒めてくれた、鴇《とき》色に朝顔の柄の浴衣で、中学生のときに祖母が仕立ててくれた大事な一枚だ。落ち着いたピンクが大人っぽく、今着ても似合うのでびっくりした。祖母は、私が大人になってからも着ることを想定していたのかもしれない。

「また一緒に行くか」

紅葉さんが、私の手をそっと握る。

「はい」

来年の夏祭りまでには、私が紅葉さんに浴衣を仕立ててあげたいな。ふたりの世界に入っていると、カウンター席から不満げな、低い声が聞こえてきた。

「……なぜ我の存在を無視する、紅葉」

「なんでお前は毎日ここにいるんだ、鬼」

冷たい緑茶を飲んでいる鬼を、紅葉さんがにらむ。

あれから私は庭に小さな祠を作って、鬼を祀った。数日たつと鬼の角は消え、爪も引っ込み、穢れた神気が元に戻ってきているのがわかる。

人間の姿に化けることもできるようになったので、髪色をシルバーブロンド、目の色を青っぽいグレーに変え、着物も質素なものにして、あやかし用の営業日にほたる亭に入り浸るようになった。祠が庭にある以上、彼の家はここなのだから、どこにいても文句は言えないのだが。

肌がもともと白いし彫りも深いので、日本文化好きの外国人に見えなくもない。事情を知らないあやかしたちに、『あやかしが見える人間だ』と説明したところ、紅葉さんという前例があるのであっさり納得してもらえたが。

「紅葉さん、今は鬼さんには、『柊《ひいらぎ》』という名前がちゃんとあるんですから」

カウンターテーブルに肘をつき、今にもケンカを売りそうな紅葉さんをたしなめる。

「なつめがつけたのだろう。気にくわない」

「そ、そんなこと言わないでください。せっかく仲直りしたのに」

そうなのだ。もともと私は、柊さんに名前をつけてあげようと考えていた。氏神さまになってくれたのに、ずっと『鬼』ではかわいそうだと思って。

どんな名前にしようか迷っていると、『もう、庭に生えている植物の名前でよい』と柊さんがリクエスト？　してくれたのだ。節分でも飾るし、鬼は柊が苦手だと思っていたのだが、『もう完全な鬼ではないから、平気だ』と柊さんが主張するので、そう命名した。柊さんはきっと、木の名前にして紅葉さんとおそろいにしたかったんじゃないのかな。

「しかも、なんでわざわざ人間の姿に化けるんだ。その髪の色じゃ、余計に目立つのではないか？」

「鬼の姿のままだと、ほかのあやかしが怯えるだろう。それに、なつめを怖がらせたくなかったからな」

意味ありげに微笑んで、柊さんが私に目配せする。

「お前……。なつめにちょっかいを出したら、どうなるかわかっているだろうな」

紅葉さんが柊さんに釘を刺すと、柊さんは椅子から腰を浮かせて私の肩を引き寄せた。

「わ、わっ」

バランスを崩して、柊さんにもたれかかる体勢になる。

「なつめは我がもらう。なんせ我はこの家の氏神だ。町の守り神であるお前より、距離が近い」

「……なつめ、こいつの祠を移そう。人が来ない山の中かどこかに」

紅葉さんからゆらり、と殺気が立ちのぼる。目が本気だった。

「ちょ、ちょっと！　ケンカしないでください」

私はあわてて柊さんから離れ、紅葉さんを押してふたりを引き離す。

「柊さん。その……、私が好きなのは紅葉さんで……。柊さんの気持ちはうれしいんですけれど、ごめんなさい」

「そうだ、わかったか。私たちは相思相愛なんだ」

勝ち誇った笑みを浮かべ、私の腰を抱く紅葉さん。本心が見えず飄々とした人だと思っていたけれど、こんなにわかりやすくて子どもっぽい一面もあるんだな。

「いや、わからぬぞ。人間の寿命は八十年くらいあるだろう。あと五十年くらいあれば、なつめだって心変わりするかもしれぬ」

そして柊さんも、初対面の冷たい印象とはだいぶ違う。ふたりとも、旧友が相手だと気がゆるむのだろうか。

「心変わりなんてさせない。なつめは私と共に生きていくのだから」

心臓がドキンと飛び跳ねる。これは、もしかして、プロポーズ？

「なつめ、これを」

紅葉さんが、小さな巾着袋から指輪を取りだした。

「これって……、あのときの」

「もう、おもちゃではないぞ。術をかけて本物にした。……指にはめていいか？」

「は、はい」

赤い石が輝く指輪を、紅葉さんが左手の薬指にはめてくれる。そうしてそのまま、私を抱きしめた。

「……なつめ。私は神だから、お前を置いて先に死ぬことは絶対にない」

涙がじわりとにじむ。大好きな人に先立たれる気持ちを、紅葉さんはわかってくれている。

「はい。これからもずっと、そばにいてください。私がおばあちゃんになっても、ずっと」

「ああ」

少し身体を離し、優しく微笑む紅葉さんを見つめる。そのキレイな顔が、だんだんと近づいてきて、私は目を閉じた。

「うおっほん」

が、唇が触れる直前に、柊さんの咳払いに邪魔される。

「よくも人前でいちゃつけるな」

「……柊。今だけ外に出ていてくれ。頼む」

私の肩に手をかけたままがっくりうなだれ、懇願する紅葉さん。柊さんは「仕方ないな」とため息をついて素直に出ていってくれた。

ふたりきりの店内で、キスのやり直しをする。

あたたかくてやわらかい唇が、おでこや頬に触れたあと、私の唇にそっと落とされる。愛おしむような口づけ。

「なつめ。好きだ。お前がプロポーズをしてくれた、あの日からずっと」

「私も、紅葉さんが大好きです」

あの日と同じ夏祭りの日に、約束は叶えられる。窓の外は今日も、小雨が降っている。天狗さまの優しい雨。

「お盆だから、皐月がこの家に帰ってきているだろう？　孫に手を出すなと怒っているかもしれないな」

冗談めかしながらも心配そうな表情の紅葉さんを見て、くすりと笑みがこぼれる。

「いえ、きっとおばあちゃんは、祝福してくれていると思います」

気配も、声も感じられないけれど、きっと見守っていてくれると信じて、私は宙を見上げた。

紅葉さんの守るこの町で、私はこれからも、ごはんを作って生きてゆく。祖母の遺したほたる亭で、新しい出会いを紡ぎながら。

# あとがき

こんにちは、栗栖ひよ子です。このたびは、『天狗町のあやかしかけこみ食堂』をお手にとってくださり、本当にありがとうございます。

この物語の舞台である『天久町』ですが、実は茨城県にある私の地元町がモデルになっています。天狗行列がある夏祭りも、実際におこなわれているものなんですよ（時期は少し違いますが、内容はほぼ同じです）。

そして、夏祭りで毎年雨が降るのも、なんと本当のことなのです。子どものときから、『梅雨の季節は終わっているのに、どうして毎年雨が降るのだろう』と不思議に思っていたのですが、大人になってから、天狗さまが火防の神さまだということを知り、長年の謎がとけた気持ちになりました。

そのとき、『きっとこの町の天狗さまはこんな神さまなんだろうな』と想像したことが、この作品が生まれたきっかけです。

いつか地元を舞台にした天狗さまの物語が書きたい、と思っていた夢を、今回ファン文庫さんで叶えられたことがとてもうれしいです。

昨年から引き続き、今年も落ち着かない生活が続いていますね。こんな時期だからこそ、『ほっこり感動できて、読み終わったあとに元気になれる物語を届けたい』という気持ちで書いていました。

絆やつながりといったものが見直されているこの時代に、こういったテーマの作品が出せたことを光栄に思います。

読んでくださった皆さまに、少しでも元気を届けられたなら幸せです。

そして、今回素敵なカバーイラストを描いてくださった細居美恵子さま。ほたる亭のあたたかさや光の柔らかさまで伝わってくるようなイラストをありがとうございます。以前から、『あやかしごはんものを書くときは、ぜひ細居先生に表紙を担当してほしい』と切望していたので、決まったときは飛び上がって喜んでしまいました。

プロットの段階からお付き合いくださり、丁寧にサポートしてくださった担当の山田さま、濱中さまにも、大変感謝しております。

それでは、また近いうちに、皆さまにお目にかかれますように。

二〇二一年六月　栗栖ひよ子

この物語はフィクションです。
実在の人物、団体等とは一切関係がありません。
本書は書き下ろしです。

栗栖ひよ子先生へのファンレターの宛先

〒101-0003　東京都千代田区一ツ橋2-6-3　一ツ橋ビル2F
マイナビ出版　ファン文庫編集部
「栗栖ひよ子先生」係

Fan
ファン文庫

# 天狗町のあやかしかけこみ食堂

2021年6月20日　初版第1刷発行

著　者　栗栖ひよ子
発行者　滝口直樹
編　集　山田香織（株式会社マイナビ出版）、濱中香織（株式会社imago）
発行所　株式会社マイナビ出版
〒101-0003　東京都千代田区一ツ橋2丁目6番3号　一ツ橋ビル2F
TEL 0480-38-6872（注文専用ダイヤル）
TEL 03-3556-2731（販売部）
TEL 03-3556-2735（編集部）
URL https://book.mynavi.jp/

イラスト　細居美恵子
装　幀　早坂英莉＋ベイブリッジ・スタジオ
フォーマット　ベイブリッジ・スタジオ
DTP　富宗治
校　正　株式会社鷗来堂
印刷・製本　中央精版印刷株式会社

 ISBN978-4-8399-7554-8
Printed in Japan

ファン文庫

# 百物語先生ノ夢怪談

不眠症の語り部と天狗の神隠し

著者／編乃肌

イラスト／TAKOLEGS

怪談師・百物語レイジとともに霊がもたらす
謎を解き明かすオカルトミステリー

姉の神隠し以来、霊が視えるようになった二葉。
怪談師・百物語とともに神隠しの真相を解き明かす
オカルトミステリー